Karl Heinzen

**Gedichte von Karl Heinzen**

Karl Heinzen

**Gedichte von Karl Heinzen**

ISBN/EAN: 9783337217167

Hergestellt in Europa, USA, Kanada, Australien, Japan

Cover: Foto ©Andreas Hilbeck / pixelio.de

Weitere Bücher finden Sie auf **www.hansebooks.com**

# Gedichte

von

## Karl Heinzen.

———

Dritte, vermehrte Auflage.

———

(Gesammelte Schriften erster Band.)

## Boston.
Selbstverlag des Verfassers.
1867.

# Inhaltsverzeichniß.

Widmung an eine Freundinn.

## I. Luise.

## II. Liebe und Liebelei.

## III. Vermischte Gedichte.

## V. Kleinere Gedichte und Epigramme.

## Amerikanische Epigramme.

## VI. Gelegentliches.

## VII. Kleine Nachlese.

## Amerikanische Epigramme.

# Widmung an eine Freundin.

Von Geldgeklimper und von Flintenknallen  
   Hör' ich das Rund der Erde wiederhallen.  
Wo sie nicht Markt ist, wird sie zum Schaffot,  
   Die Krämer schachern und die Henker morden,  
Die Freiheit machen „Freie" selbst zum Spott  
   Und die Gemeinheit ist zur Ehre worden.

Der Ernst des Wollens wich frivolen Scherzen,  
   Kein edler Zorn erbittert mehr die Herzen,  
Das Schändlichste läßt diese Seelen kalt;  
   Gesinnungsstumpf, verschlafft und geistverlassen  
Seh'n sie die blut'gen Orgien der Gewalt  
   Und wer sie spornt, der ist es, den sie hassen.

Wenn ihre Väter, ihre Mütter bluten  
   Vom Streich des Henkers und vom Hieb der Knuten,  
Sie rührt es nicht in ihrer Niedertracht.  
   Der Rache Ruf ist ihnen ein Erfrechen,  
Und wenn der Czar die Welt zum Bango macht,  
   Die Teutschen helfen keine Kette brechen.

Verstand ist ihnen impotenter Dünkel,  
   Nichtsthuer Hecker und Nichtsthuer Kinkel  
Sind ihre Freiheitsretter nach wie vor,  
   Und wo sie sich des Götzenthums entschlagen,  
Da leih'n sie nur dem Preiskourant das Ohr  
   Und denken für die Freiheit mit dem Magen.

Ich blick' auf diese Schmach als stummer Zeuge;
  Sie mag von selbst sich treiben auf die Neige!
Nur das Verderben witzigt ein Geschlecht,
  Das seiner Blindheit Frucht nicht will entbehren:
Wer stolz sich fühlt als Dummkopf und als Knecht,
  Läßt sich von keinem freien Geist belehren.

Der Schönheit Reich nimmt auf vergeblich Hoffen,
  Es hält uns stets ein stilles Pförtchen offen
Und gönnt dem Freunde Rettung und Verbleib,
  Dem Lieb' und Dichtung nicht verglomm im Busen:
Des Menschlichen Vestalinn ist das Weib,
  Des Schönen Retterinnen sind die Musen.

Laß, was dir diese Blätter Gutes bringen,
  In deine gleichgestimmte Seele dringen!
Laß weis' uns nützen, was die Zeit beschert,
  Und wem die Zeit der Schlechten und der Schwachen
Rebellion zu machen nicht gewährt,
  Der finde Trost durch — Lieb' und Versemachen.

New York, 1853.

# I.

# Luise.

Nichts soll mir, dich zu preisen, wehren,
Du edler Geist, du edles Herz,
Und kann dich mein Talent nicht ehren,
So ehre dich dafür mein Schmerz.

# Der Todten.

## 1.

(1835.)

Deine Kinder spielten an deinem Grab
Und pflückten Blumen;
Sie freuten sich des Fundes und jubelten:
Die Blumen bewahren wir unf'rer Mutter.
O ihr arglosen Kleinen,
Wie beneidet euch mein verbiff'ner Schmerz!
Als ihr sie auf der Bahre sah't
Und ungerührt sie anlachtet
Und neugierig an ihrem Leichenkleid zupftet,
Da zürnte ich euch heimlich,
So viel ich noch zürnen konnte,
Daß ihr nicht verginget in Schmerz
Und nicht hinstarrtet in Wahnsinn.
Glücklich, ihr Kleinen, die ihr nicht fühltet,
Was euch gescheh'n!
Wie hätten eure zarten Herzen
So viel Weh ertragen!
Ich fühl' es hundertfach für euch mit;
Mein Herz hielt das Schicksal für stark genug,
Drum goß es voll das zuckende Gefäß
Bis an den Rand voll Höllenpein.

Dich besitzen, Luise, und dich verlieren —
Auch Das war möglich!

Nichts mehr zu haben
In dieser trüben, veröbeten Welt,
Nichts mehr von deinem Sonnenherzen,
Nichts mehr von deiner Flammenliebe,
Nichts mehr von Dem, was Luise hieß!
Nichts? soll ich nichts mehr von dir finden?
An keinem Ort? Zu keiner Zeit?
Soll ich harren auf deinem Todtenhügel,
Bis der Abend sich auf die Gräber senkt?
Soll ich harren durch die Schauer der Mitternacht?
Soll ich harren dein, bis der Morgen taget?
Soll ich harren, bis der Mond, das Jahr,
Und harren, bis das Leben endet?
Kann deine Liebe gestorben sein?
Wenn die Liebe reicht über das Grab hinaus,
Kann sie nicht zurückreichen zu Dem,
Der sehnsuchtschmachtend ihr entgegendrängt?
Luise! .... Kennst du den Ruf nicht mehr?

Ach, du kennst mich nicht mehr, stumme Schläferinn!
Jeder Stein ist dir so viel wie ich,
Und des Windes Rauschen in den Wipfeln
Ist so lieb dir wie des Freundes Stimme.
Wo in lautem Schmerz dich meine Liebe ruft,
Liegst du kalt und still in tiefer Erde,
Wie entfremdet in einsamer Selbstgenüge,
Todtenlächelnd und doch todtenernst
Niederschauend auf die gefalt'nen Hände.
Schlaf' denn wohl, ich wach' an deinem Bette,
Bis es wird auch meine Ruhestätte!

## 2.

Mein Herzblut mögt' ich schreiben
  Auf deinen Leichenstein:
Ein kleines Liebeszeichen
  Sollt' dir die Grabschrift sein.

Könnt' ich die Luft durcheilen,
  Die Stürme überschrei'n,
Es würde der Orkan dir
  Ein schwacher Nachruf sein.

Und sendete der Himmel
  Den Blitz als Feder mir,
Den Himmel und die Welten
  Schrieb' ich voll Hymnen dir.

Der Liebe gold'ne Sprache
  Flammt' in dem Weltenhaus
Und löscht' in Glorie brennend
  Das Gift der Bosheit aus.

Verachtung träf' als Donner
  Das nied're Geif'rerheer
Und stürmend ging' die Wolke
  Stolz über ihm daher.

Könnt' ich die Berge tragen
  Von aller Zonen End',
Ich thürmte sie der Liebe,
  Sie dir zum Monument.

Dann ging', das Werk zu enden,
　Zu deinem Grab mein Lauf,
Dort thürmt' ich dir ein Opfer —
　Von Heuchlerlarven auf.

Ich risse sie von Allen
　Herab, die dich geschmäht,
Hoch ständ' ihr Schandendenkmal,
　Wo die Cypresse steht.

Kein Pfaffe hat vereinigt,
　Die nur der Tod getrennt,
Am Grab noch weih't die Liebe
　Haß eurem Sakrament.

Doch schweig'! Hinweg mit ihnen
　Von diesem heil'gen Ort!
Die Rache schleppt sie her, doch
　Die Liebe haucht sie fort.

Versöhnet blickt versöhnend
　Dein himmlisch Bild darein,
Wo du sprichst, spricht die Größe
　Der Liebe nur allein.

„Was ändert an der Schönheit
　Der Welt ein Menschenwort?
Die du liebst, bin ich hier und
　Die du liebst, bin ich dort.“

Das streng den Schmerz bezähmet,
　Das eiserne Gebot,
O könntest du es brechen
　Und rechten mit dem Tod!

Wenn alle Freuden winkten
　　Des frommen Glaubens dir,
Doch schwäng'st du dich hernieder
　　Und käm'st zurück zu mir.

Wie auch der Liebe Qualen
　　Mich füllen ganz und gar:
Ich weiß, daß de i n e Liebe
　　So groß wie keine war.

### 3.

#### (1839.)

Vier Jahre sind's, daß du hinabgestiegen!
　　Schon wächst die Weide hoch auf deinem Grabe
Und ihrer Zweige lange Flechten wiegen
　　Sich auf dem Beet, das ich bepflanzet habe.

Vier Jahre sind's, daß du hinabgestiegen!
　　Wohl Staub ist schon, was ich versenkt hier habe,
Denk' ich auch gerne mir, du müssest liegen
　　Noch schön und unverändert selbst im Grabe.

Denk' ich auch gern, die Erde müsse gleichen
　　Dem Herzen, das dich ewig treu wird hegen,
Das dich bewahrt, bis seine Pulse weichen,
　　Bis es sich selber wird zur Ruhe legen.

Wohl weiß ich, daß wir uns nicht wiedersehen!
  Soll Das mir wehren, deiner zu gedenken?
Weil es in keinem Jenseits kann geschehen,
  D'rum will ich hier dir stete Liebe schenken.


Wohl wär's ein süßer Trost mir, wenn ich wüßte,
  Daß dir nicht unbekannt mein Denken bliebe,
Daß du bereit ständ'st auf der and'ren Küste,
  Wohin man schifft' in's Land der ew'gen Liebe;


Daß du, wenn einst ich meine Stunden zähle,
  Als Todesengel an mein Lager kämest,
Den treuen Freund empfingst und seine Seele
  Geleitend mit in deine Wohnung nähmest!


Wozu die schwarze Scheidewand durchschauen?
  Des Menschen Wunsch ist auch sein Glaub' und
                                        Träumen,
Doch wer will Weltgesetz' auf Wünsche bauen!
  Wir fallen ab, wie Blüthen von den Bäumen:


Die Blüthe kehrt zurück im neuen Lenze,
  Doch ist's dieselbe, die vom Baum gewehet?
In ew'gem Kreislauf und in weiter Grenze
  Erneu't das All von Dem sich, was vergehet.


Die Blume, deren Duft dich hier erfreuet,
  Blüht, wenn sie starb, vielleicht im Kongothale;
Der Geist, der schied, erwacht vielleicht erneuet,
  Unkennbar, unter fremder Sonnen Strale.

Als du gestorben, wähnte ich im Stillen,
  Es müsse die Natur nun mit dir sterben,
Es müsse sich die Welt in Trauer hüllen,
  Sich Alles bleich wie deine Wange färben.

Doch Alles blieb wie in den frohen Tagen,
  Der Sterne Schwarm flog munter fort im Kreise,
Nach deinem Tode sah ich keinen fragen,
  Um meinen Schmerz wich keiner aus dem Gleise.

Kein Blättchen sank mittrauernd von den Zweigen
  Und keine Blume sah ich drum verblühen.
So macht der Schmerz umsonst die Welt sich eigen!
  Doch sind nicht so auch Wünsche Phantasien?

Dem Weltengang unmerkbar reißt der Faden,
  Woran ein winzig Menschenglück gehangen;
Der Löwe sieht nicht um auf seinen Pfaden,
  Wenn über einen Wurm sein Lauf gegangen.

So sei's, daß dich das Meer des Alls verschlungen,
  Daß aufgelös't du rannst in seine Fluten,
Daß deines Daseins schönes Lied verklungen,
  Daß ausgeglühet deines Herzens Gluten!

Ich habe Wach' an deinem Grab gehalten,
  Dein schönstes Theil ich hab' es aufgefangen,
Ein Theil von mir muß es sich neu gestalten
  Und mit mir leben, bis auch ich vergangen.

Mein Reichthum, rüstest du mich aus zum Leben,
  Du wirst mit mir in einem Hause wohnen,
Wo ich auch weile, wirst du mich umschweben,
  Erinnerung soll dem Verluste lohnen.

Ich höre ewig deine Stimm' erklingen,
  Ich fühle deines Sanges Zauber walten,
Der siegend riß auf der Begeist'rung Schwingen
  Die Seel' empor mit himmlischen Gewalten.

Ich sehe ewig deine Augen stralen,
  Fühl' ihre dunk'le Glut die Brust durchziehen,
Ihr Blick ist Wonn' und Zauber, denn sie malen
  Dein Herz und deinen Geist mit ihrem Glühen.

Sie bargen Blitze, die dem Geist entsprühten,
  Der frei auf jener hohen Stirne thronte,
Bald waren Blumen sie, die heiter blühten
  In Liebe, die dein großes Herz bewohnte.

Laß deines Geistes Flügel mich umwehen!
  Sie schwangen kühn sich über das Getreibe
Der Alltagswelt auf freie Alpenhöhen,
  Zu hoch und unerreichbar sonst dem Weibe.

Und nichts verlor das Weib auf deinem Fluge,
  Du bliebst ein Kind trotz deinem kühnen Geiste,
Und, kindlich fesselnd mit geheimem Zuge,
  Erfreutest du, was staunend dich umkreis'te.

Und trotz dem Kinde warst du eine Weise,
  Dein Sterben gibt dir Recht zu diesem Ruhme;
So muthig schickten sich zur letzten Reise
  Die Weisen kaum im großen Alterthume:

„Des Menschen Leben gleicht dem Uhrgetriebe,
  Es läuft und schlägt und läuft und stehet stille —
Mein Lauf ist aus — gedenke mein mit Liebe — "
  Sie spricht's, still steht die Uhr, kalt ist die Hülle.

Laß deines Herzens Saiten mich umrauschen!
    Ein edleres hat nie ein Weib besessen.
Durft' ich den Stimmen deines Herzens lauschen,
    Dann konnt' ich selber deinen Geist vergessen.

Stets offen, wahr, ganz Edelmuth und Größe,
    Nie hassend, freundlich stets wie deine Miene,
So war's; nur Liebe füllt' es, Liebesgröße,
    Du warst an Liebe eine Heroine.

Wie hättest du geglänzt auf einem Throne!
    Statt meiner ließ' ein Volk dein Lob erschallen.
Doch bist auch so du Königinn, die Krone
    Setz' ich dir auf und die nimmst du vor allen:

Ich werde als ein Ideal dich lieben,
    Stets nenn' ich dein, was schön und groß ich nenne;
Nimm diese Krone hin, du bist geblieben
    Die Königinn der Weiber, die ich kenne.

# II.

# Liebe und Liebelei.

Wer nicht mit Phrasenlug
Auf diesem Feld erschienen,
That immer schon genug,
Um Nachsicht zu verdienen.

# Ueberall.

Du bist der Hauch, der durch die Zweige flüstert,
  Du bist der Stral, der durch die Schatten bricht,
Du bist die Nacht, die mein Asyl umdüstert,
  Du bist der Funke von dem Morgenlicht.

Du bist die Ruh', die in den Wäldern schweiget,
  Du bist der Geist, der in den Lüften weht,
Du bist der Duft, der aus den Blumen steiget.
  Du bist die Blume selbst, die nie vergeht.

Du bist der Schimmer auf azur'nen Seen,
  Du bist der duft'ge Schmelz auf Bergeshöh'n,
Du bist das Träumen, wo die Wolken gehen,
  Du bist das Harren, wo die Haine steh'n.

Du bist das Murmeln in des Baches Schäumen,
  Du bist die Frische der beblümten Flur,
Du bist das Singen in den gold'nen Räumen,
  Du bist die blüh'nde Seele der Natur.

Du bist der Freudetrieb im jungen Lenze,
  Du bist die Wehmuth in des Herbstes Weh'n,
Du flichtst den Brautkranz und die Todtenkränze,
  Du bist das Scheiden und das Wiederseh'n.

Du bist der Klang, der durch die Saiten zittert,
  Du bist die Phantasie, die schweifend schafft,
Du bist das Wehe, das die Brust erschüttert,
  Du bist die Wonne und die Leidenschaft.

Du bist das Denken und du bist das Streben,
  Du bist das Sprühen in des Geistes Licht,
Du bist das Wollen und du bist das Leben,
  Du bist der Tod — o Tod, dich fürcht' ich nicht!


## Sappho.

Du hast kein Ohr für meine Klage,
  Für meine Sehnsucht kein Gefühl
Und doch, indem ich dir entsage,
  Entsag' ich meines Lebens Ziel.

Es kann mein Geist nicht von dir lassen,
  Denn du bist meines Daseins Licht,
Um nicht zu lieben müßt' ich hassen,
  Jedoch dich hassen kann ich nicht.

Es schweiget nicht in meinem Herzen,
  Es ruhet nicht in meinem Sinn,
Und lieber lieb' ich nur mit Schmerzen,
  Als daß ich ohne Liebe bin.

Und weil kein Trost mir mehr geblieben,
    Nehm' ich's als göttliches Gebot:
Er schickte, wenn er dürfte lieben,
    Er schickte mich nicht in den Tod.

Was laßt ihr Götter mich erdulden!
    Wann duldete ein Frevler mehr?
Und dennoch ist mein ganz Verschulden,
    Daß ich geliebt, geliebt zu sehr.

O Liebe, Liebe, bitt're Freude,
    O Liebe, Liebe, süße Pein,
Könnt' ich nur ein Mal, eh' ich scheide,
    Ein einzig Mal nur glücklich sein!

---

## Blume und Weib.

### Reklamation eines Weibes.

Ihr nennt uns Blumen, doch die Schmeichelei
    Des Worts läßt mich den Sinn nicht mißverstehen:
Die Blumen blüh'n, wie wir, in Sklaverei,
    Vom Zufall lebend und — des Windes Wehen.

Verliebte Blüthen trägt der duft'ge Baum,
    Und von dem Blumen-Kuppler West geschaukelt
Vertrauen sie dem weiten fremden Raum
    Der Liebe Staub, der in die Ferne gaukelt.

So spenden Liebe sie und wissen nicht,
  Von welchem Kelch sie zärtlich wird empfangen,
Vertrauend nur, daß, was aus ihnen spricht,
  Antworten werde: liebendes Verlangen.

Vergebens haben sie vielleicht geglüht,
  Vergebens ihre duft'ge Seel' entsendet;
Ach! keine Blume hat vielleicht geblüht,
  Die herzverwandt sich ihnen zugewendet.

Und manche∙stand vielleicht vor Sehnsucht krank,
  Doch hat des Kupplers Flug sie nicht gefunden,
So daß sie ungeliebt zur Erde sank,
  Vielleicht in einen Todtenkranz gewunden.

Ihr armen Blumen, die ihr, festgebannt,
  Nicht suchen könnt, wo die Geliebten weilen,
Welch Leben, könntet ihr von Land zu Land
  Ein blüh'nder Schwarm die freie Luft durcheilen!

Auch manches Menschenherz hat unerkannt
  Geglühet in vergeblichem Verlangen,
Indeß ein and'res, das ihm war verwandt,
  In lieblos roher Faust vor Gram vergangen.

Die Liebe stirbt im Bann der Sklaverei.
  Soll er das Weib gleich einer Blume binden?
Des Mannes Liebe stäubt und gaukelt frei:
  Frei sei des Weibes Lieb', um ihn zu finden!

# Männliche und weibliche Liebe.

### Der Jäger (allein).

Soll ich aus dem Dunkel dieser Eichen
Wieder auf die Bergeshöh'n entweichen,
   In das Reich der Luft zurück?
Lieblich hat i h r Bild mich eingenommen,
Doch sie läßt in meinem Geh'n und Kommen
   Keinen ruh'gen Augenblick.

Gram dem freien, unbezähmten Herzen
Warf die Hand entzückenreicher Schmerzen
   Mächt'ge Fesseln über mich.
Freudig folgte der besiegte Wille
Und des Herzens ungestüme Fülle
   Löf't' in sanfte Liebe sich.

Liebe stralet mir die Morgenröthe,
Liebe singt des Waldes Abendflöte,
   Liebe glänzt der Sterne Ruh',
Liebe plätschert mir das Spiel der Bäche,
Liebe lacht des Gletschers Silberfläche,
   Liebe nur die Welt mir zu.

Doch aus diesem ruhig=süßen Leben
Zieht mich stets ein unermüdlich Streben
   Aufwärts nach den Bergen hin.
Und besteig' ich ihre fels'gen Kronen,
Wo die Adler und die Gemsen wohnen,
   Zürn' ich meiner Zauberinn.

Denn, als wollt' es höhnend mit mir spielen,
Flieht kein Wild mehr meines Rohres Zielen,
   Selbst die Gemse scheint gezähmt;
Pfeifend fliegt die Kugel in die Lüfte,
Spottend wiederhallet das Geklüfte,
   Selbst mein Rüde scheint gelähmt.


Soll ich aus dem Dunkel dieser Eichen
Wieder auf die Bergeshöh'n entweichen,
   In das Reich der Luft zurück?
Soll die Lieb' in diesen stillen Gründen
Mich für immer fesseln und entzünden,
   Ein gefahrenloses Glück?


Nein, ich lasse dich in deinem Thale,
Schöne Klausnerinn! Zum letzten Male
   Grüßt dich meine Wiederkehr.
Meiner Freiheit opfr' ich meine Liebe,
Wenn ich länger hier im Thale bliebe,
   Säh' ich nie die Berge mehr.


Die Klausnerinn (hervortretend).

Welche Klagen hör' ich durch die stillen
Büsche, welche Plane, welche Grillen
   Von der letzten Wiederkehr?
Wohl! die Freiheit opfr' ich meiner Liebe,
Wenn ich länger hier im Thale bliebe,
   Säh' ich nie den Flüchtling mehr.

So wie du mein stilles Herz entzündet,
Also lob're, die ich hier gegründet,
   Meine Hütt' in Flammen auf.
Jetzt bist du des läst'gen Zwangs entbunden,
Neu beginnen deiner Freiheit Stunden,
   Neu des Jägers wilder Lauf.

Aber ich geh' mit auf deine Höhen,
Wo die Wolken und Gewitter gehen,
   Wo der Sturm die Tannen bricht.
Gleichwie du will ich die Büchse tragen,
Und mit dir werd' ich die Gemsen jagen,
   Doch dich lassen ewig nicht.

## Liebe und Majestät.

Wie einstens der große Karl als Held,
Auch wie er als Mensch es getrieben
   Der gewaltige Herrscher der halben Welt,
Das hat uns sein Schreiber beschrieben.
   Doch des mächtigen Kaisers Gewalt und Gewicht
Verhinderte seine Prinzessinn nicht,
   Den besagten Schreiber — zu lieben.

Mit Schreiben hatt' er's dahin gebracht,
Die zärtliche Herrinn zu rühren;
   Bei'm Vater bei Tag, bei der Tochter bei Nacht —
So wußte das Amt er zu führen.
   Ihr süßes Geheimniß verriethen sie nur
Einem sicheren postillon d'amour,
   Und — die Fenster waren die Thüren.

2*

Einst war in einer Dezembernacht
Eginhard durch das Fenster gestiegen.
　Sie sahen den Wind mit sausender Macht
　Auf den Wipfeln der Bäume sich wiegen,
　　Sie sah'n in des Mondes winterlich Licht
　　Und sahen vor seinem frost'gen Gesicht
Die Wolken vorüberfliegen.


　„In den Schiefern des Daches hörst du den Wind
Und der Katzen erbärmliches Heulen?
　Wenn die Instrumente gestimmet sind,
Beginnt auch das Sturmlied der Eulen.
　　Ein wildes Wetter und wilde Musik —
　　So lieb' ich's, der Liebe verstohlenes Glück
Kann im Wetter am Traulichsten weilen."


　„„O Liebster, wie schmieg' ich so gern mich an dich,
Wie traulich ist's hier in der Stille!
　Es mühet der Sturmwind vergeblich sich;
Daß draußen er tobe und brülle!
　　Je frost'ger das Wetter, je wärmer die Brust,
　　Je saurer die Mühe, je süßer die Lust,
Sie raubt uns kein Sturm und kein Wille.""


　So spottend des Winters wärmtet ihr euch
An der Liebe süßen Gefühlen.
　Ihr ahnetet nichts von dem schlimmen Streich,
Den der Winter euch dachte zu spielen.
　　Als der Zeiger die sechste Ziffer durchlief
　　Und der Hahn den Tag aus dem Schlafe rief,
Ward es Zeit, nach dem Fenster zu schielen.

Es trat der Schreiber hinau und o!
Wie hatt' ihn der Winter betrogen!
 Gleich dem schönsten Papier in des Kaisers Bureau
Sah er Alles mit Schnee überzogen.
 „Mein Gott, wie komm' ich hier glücklich hinaus,
 Unverrathen aus dem fürstlichen Haus?
Wie Späher und Kaiser belogen?"


 Die Liebe erfand, aus der Hölle zu flieh'n,
Ihr sollt's aus dem Schnee nicht gelingen?
 Auf dem Rücken trug die Prinzessinn ihn
Aus des Winters drohenden Schlingen!
 Und wie sie jetzo hinaus ihn gebracht,
 So gedachte sie auch in der nächsten Nacht
Ihn zurück in die Kammer zu bringen.


 Ihr zierliches Füßchen verrieth ihn nicht,
Doch, konnt' es durch Schnee nicht geschehen,
 Verrathen mußt' ihn des Mondes Licht.
Wie es Fürsten wol pflegt zu ergehen,
 So ließ auch dem uns'ren die Sorge nicht Ruh'
 Und so sah er durch's Fenster dem Spaße zu,
Doch wollt' er den Spaß nicht verstehen.


Gleich stand die Majestät im Gemach
Und dämpfte mit Mühe die Flammen,
 Doch sobald der Tag durch die Wolken brach,
Da rief sie die Richter zusammen:
 „Urtheilt nach dem Recht, das nicht scheut und nicht lügt,
 Wer mein Kind verführet und mich betrügt,
Wozu ist Der zu verdammen?"

Zum Tode! schrie's wie mit Einem Laut,
Und sie sah'n, wie vom Blitze gerühret,
  Den Schreiber mit der fürstlichen Braut
Herein vor die Schranken geführet.
  Er hörte gelassen sein Urtheil an,
  Worauf er also zum Kaiser begann:
„Bestrafe mich, wie mir gebühret!"


  „Ich habe die Strafe des Todes verdient,
Hat der Himmel gleich Theil an der Sünde;
  Mit dem Himmel auch, nur mit der Welt nicht versühnt,
Verlass' ich die irdischen Gründe.
  Den Trost, mein Kaiser, gewähre mir,
  Daß nicht deine Tochter den Richter in dir,
Den Vater nur wiederfinde."


  „„Wer Eginhard richtet, der richtet mich,
Sprach Emma, mich laß für ihn sterben!
  Nie, Vater, beflecke' Ungerechtigkeit dich,
Laß auch hier nicht die Unschuld verderben.
  Er hat nur dem Ruf der Prinzessinn gehört,
  Ich hab' ihn gelockt und verfolgt und bethört,
Mich lasse, die Schuldige, sterben!"


  „So lang im Himmel ein Richter wohnt,
So lang wird Das nicht geschehen.
  Er, der allsehend dort oben thront,
Hat auch hier den Schuld'gen gesehen.
  Nie folgte ein Mädchen der Liebe Wink,
  Wenn der Mann nicht verleitend voran ihr ging,
Ich war's, mein ist das Vergehen."

„„O daß uns Das ein Verbrechen ist,
Worum uns die Engel beneiden!
  Doch, wenn ihr's bestrafen wollet, so wißt:
Wir erleiden die Strafe mit Freuden.
  Nie folgte ein Mann noch der Liebe Wink,
  Wenn freudig das Mädchen nicht mit ihm ging,
So bewähr' es der Tod an uns beiden!"""


Und wie sie gesprochen, schwieg Weib und Mann,
Ergeben sah'n sie zur Erde;
  Die Richter sahen den Kaiser an
Wie bittend mit stummer Geberde;
  Doch der bedurfte der Bitte nicht,
  Karl kannte die Lieb', es stralt' sein Gesicht
Glück schaffend und dieß war sein „Werde":


Ein Paar, wie ihr, bringt Freud' in mein Haus,
Mich befriedigt eure defense;
  Heut' Abend ist Fest und Versöhnungsschmaus
Und Jubel und Thee de danse.
  Du, Emma, bist Eginhards Frau und er —
  Die Hand, Herr Schwiegersohn Leibsekretair,
Und — Honny, qui mal y pense!

## Die Entsagung.

Es scholl die Kunde durch das Land:
Der Herzog macht die Runde,
Ein Weib zu suchen, dem die Hand
Er reicht zum Ehebunde.
   Weß Stands sie, welcher Herkunft sei,
   Das ist dem Herzog einerlei,
   Jedoch ein Muster muß er haben
   Von Körper=, Herzens=, Geistes=Gaben.


Grausamer Herzog, willst du gar
Die Weiber alle närrisch machen?
Und auch den Männern hast fürwahr
Du keinen Streich gespielt zum Lachen:
   Wer nicht verseh'n ist, spar' die Müh',
   Er kommt zu spät, er kommt zu früh,
   Und selber ihr, die schon versehen,
   Ihr wißt nicht, was euch wird geschehen.


Denn alle reizt die Herzoginn,
Und wo ist Eine so bescheiden,
Daß sie nicht ließ' in ihrem Sinn
Zum Voraus schon ihr Glück beneiden!
   Die Eine sieht ihr alt Gesicht,
   Die And're ihren Höcker nicht,
   Die will den Geist mit Herzens=Schätzen,
   Die Beides durch den Leib ersetzen.

„Nicht geizig, Vater, Ehemann,
Wir müssen herzoglich uns kleiden:
Man soll, wenn nicht um unsern Mann,
Uns doch um unser Kleid beneiden!"
    Die Küchen wurden alle leer,
    Es gab kein Essen, Trinken mehr,
    Man dacht' an nichts, als die Parade,
    Das ganze Land roch nach Pomade.


Wer kennt sie, die der Herzog frei't?
Ist es die schimmernde Comtesse?
Ist es die schmucke Kammermaid?
Ist's die geschminkte Baronesse?
    Sie alle haben guten Muth,
    Doch die dort mit dem Federhut
    Die macht am Meisten von sich schwätzen,
    Auf deren Nummer mögt' ich setzen.


Es ist Elvira! Wer getraut
Sich dieß Idol zu überwinden?
Nur Eins läßt hoffen: sie ist Braut!
Doch Liebe weiß den Weg zu finden.
    „Besitzen will der Eigennutz,
    Entsagung ist der Treue Schutz,
    Nur die kannst bis zum Tod du lieben,
    Der du im Leben fern geblieben."

So spricht sie zu dem Bräutigam.
Der ging den Vorschlag ein mit Lachen,
Als er ihn in Erwägung nahm:
„Sie wird mich zum Minister machen
Und Orden legen auf mein Herz,
Zu pflastern der Entsagung Schmerz.
Der Liebe wird die Freude selten,
So schön der Liebe zu vergelten." —


Der Herzog kam, der Tag erschien.
Welch Beet von Blumen und von Pflanzen!
Welch Wangenheiß, welch Augenglüh'n!
Und wie die Herzen freudig tanzen!
Der Herzog sprengt zu Roß heran,
Ein glänzender, ein schöner Mann!
Jedoch was thut der schöne Reiter?
Er grüßt und lacht und — reiset weiter.


Und was ist dieser Sprache Sinn?
Der Freier haßt das Paradiren,
Er wünschte seiner Herzoginn
In Haus und Kammer nachzuspüren!
Nun, Das ist recht, doch warum hat
Er Das nicht kund gethan der Stadt?
Er hätte sicher alle Frauen
In Haus und Kammer können schauen.

Es ist gescheh'n, es ist vorbei.
Es muß mit Reue und mit Schämen
Sich die geäffte Phantasei
Zum alten Fuß zurückbequemen.
  Doch daß man bot Elviren Trutz,
  Daß man besiegten Eigennutz,
  Der Tugend Krone kann verkennen,
  Das ist nicht herzoglich zu nennen.


Was hilft's? Sie trägt es mit Verstand.
Die Liebe weiß den Weg zu finden,
Sie weiß, find't sie kein neues Band,
Das alte wieder anzubinden.
  „Entsagung war der Liebe Pflicht,
  Doch Liebe straft Entsagung nicht:
  Die sich entsagend treu geblieben,
  Sie werden ewig treu sich lieben."


Dem Bräut'gam wird auch Dieses klar,
Auch weiß er's dankbar hoch zu ehren,
Wie seine Herrinn Willens war,
Ihm Stell' und Orden zu bescheeren.
  Er denkt: nach der Reunion
  Wird mich die Lieb' und Treue schon
  Für Alles zu entschäd'gen wissen,
  Worauf ich hab' verzichten müssen.

Sie stiegen vom Entsagungsthron
Auf den Besitzstuhl nieder
Und etablirten sich zum Lohn
Auf eig'ne Rechnung wieder.

   Doch ach! die Liebe ging vorbei
   Und das Vertrauen riß entzwei,
   Es war nicht mehr das alte Treiben,
   Sie blieben, weil sie mußten bleiben.

Drauf ist aus ihrem Liebesbund
Ein Liebeskrieg geworden
Und aus dem kleinen Krieg entstund
Dem Mann der größte Orden.

   Traun! Amor kennt das jus nicht schlecht,
   Er schenkt ein aufgegeb'nes Recht
   Euch nicht zum zweiten Mal, ihr Thoren:
   Wer's künd'gen kann, der hat's verloren.

---

## Die Zähne.

So zart, so treu, so inniglich,
Wie Fritz und Lottchen, hatte sich,
So lang das Mondlicht scheinet,
Kein Pärchen je vereinet.

   Sie baten einstens sich um ein
   Andenken ihrer Liebe:
   Nicht Ring, nicht Gold, nicht Edelstein,
   Sie wünschten Etwas das bliebe.

Ich weiß was, sprach das schöne Kind,
Ich sehe, uns're Zähne sind
Wie Ei'r aus einem Neste,
Mich dünkt, es wär' das Beste,
  Es zöge uns Herr Zangenbein
  Aus jedem Munde einen,
    Du setztest dir den meinen ein
    Und ich bekäme den deinen.


Der Vorschlag zeugt von Heldenmuth,
Drum hieß auch er sogleich ihn gut,
Der Zahnarzt mußte kommen,
Die Zange ward genommen,
  Die Zähne gingen aus und ein
  Und saßen bald so zierlich,
    So fest, daß man drauf schwur, sie sei'n
    Bei Beiden völlig natürlich.


Jetzt sah'n sie erst das Wo und Wie:
Wie wuchs der Liebe Sympathie,
Wie war's seit jener Stunde
So süß in ihrem Munde!
  Sie waren wie Ein Fleisch und Blut,
  Sie konnten sich nicht missen,
    Wie schmeckte Trank und Speise gut,
    Doch ach! wie schmeckte ihr Küssen!

Die Armen küßten sich fortan
Nur immer auf den eig'nen Zahn,
Die Liebe wurde älter
Und ach! die Herzen kälter.

   O! ging es durch das ganze Haus,
   Ließ ich den Zahn doch sitzen!
   Sie weinte sich die Augen aus
   Und er ging unter die Schützen.

## Erklärung.

Du denkst, ich werd' um Liebe bitten?
   Mein Herz, wenn dich's beglückt, gehört
Dir treu und ganz und unbestritten:
   Ich hoff', es ist des Tausches werth.

Willst du mir keins dagegen geben,
   So gib es frei aus eig'nem Drang:
Nur Freiheit ist der Liebe Leben
   Und schon die Bitt' um sie ist Zwang.

Auch kannst du die Versprechen sparen;
   Durch kein Gelöbniß, keine Pflicht
Sollst du mir deine Liebe wahren:
   Versproch'ne Liebe mag ich nicht.

Du bist gewöhnt, daß man dir schmeichelt
   Und probedient um deine Huld?
Ich bin kein fader Wicht, der heuchelt,
   Doch auch kein Ritter der Geduld.

Wohl weiß ich, daß sie euch verwöhnen,
    Die Wesen, die man Männer nennt,
Doch wer die Sklaven darf verhöhnen,
    Hat bei den Freien kein Patent.

Wer sein Geständniß kann verschieben,
    Der hat die Lieb' als Spiel geübt:
Ein Narr ist, wer sich quält zu lieben,
    Wird er nicht gleich dafür geliebt.

Mich ziehst du nicht vor deine Füße,
    Ich gebe dir nur, was du mir —
Zum Teufel, sind denn meine Küsse
    So gut nicht wie ein Kuß von dir?

## Erfahrungswissenschaft.

Ich sah dich oft, mein Kind,
    Doch ohne es zu wissen,
Denn damals war ich blind,
    Obschon des Seh'ns beflissen.

Doch seit du mich geküßt,
    Ist mir der Blick nicht trübe,
Und daß und was du bist,
    Weiß ich erst durch die Liebe.

Ja, das Experiment
Gilt auch in Herzensfachen,
Und willst du, daß es brennt,
So mußt du Feuer machen.

---

## Gefahren für die Liebe.

Wahrlich, sind wir nicht Thoren, zu den Plagen
Dieses Lebens uns eig'ne noch zu häufen?
Uns zu quälen mit trübem, menschenscheuem
  Schwindel der Liebe?

Einsam durch die Gebüsche schleicht der Schäfer,
Klagt den Bäumen mit Weiberton sein Leiden
Und dem Monde, vom Thau der Nacht und von dem
  Eig'nen befeuchtet;

Schwelgt dann wieder in Paradiesesträumen,
Mißt mit Hoffnungsflügeln die schöne Zukunft,
Pflückt nur Blumen und erntet im Voraus schon
  Himmlische Früchte;

Erntet später nur Ueberdruß und Reue,
Wenn enttäuschend die Wirklichkeit ihn abkühlt
Und die blumigen Fesseln seiner Lieb' in
  Ketten verwandelt;

Wenn die kleinlichen Sorgen dieses Lebens
Für verlorene Freiheit ihn belohnen
Und verspottend aus seinem süßen Traum der
  Satyr heraussprang;

Wenn er physiologisch lernt betrachten,
Was ihm früher die Phantasie verdeckt hat,
Wenn er prüfend als schlauer Menschenkenner
Alles versteh'n lernt.

Hilf mir, Himmel, und heile meine Sinne!
Daß ich all den unseel'gen Stoff verschwitze,
Liebchen, thu' mir den letzten Dienst und koch' mir
Thee von Kamillen.

Dann sei alle die Zärtlichkeit vergessen,
Die, unmännlich, die Kraft des Herzens aussaugt
Und die Freiheit der sturmbeschwingten Seel' in
Schmähliches Joch schmiegt.

Weib, du stutzest? Du blickest so bedenklich,
Fragest mich, was es sei, das ich dir kund that?
Bloß bemerkt' ich, daß du dir heute nicht die
Zähne geputzt hast!

---

## Demokratische Verzeihung.

Die Wiese lacht im Sonnenschein
    Am dunk'len Wald, ein blühend Beet,
Und in die Lüfte, mild und rein,
    Ist drüber hin der Berg erhöh't.

Und in dem Schloß des Berges wohnt
    Ein Weib, das an die Wiese schleicht,
Wenn statt der Sonne scheint der Mond
    Und über'n Wald die Eule streicht.

Sie ist ein liebedurstend Weib,
　　Ihr kommt der Abend stets zu spät,
Wenn fort zum noblen Zeitvertreib
　　Der Eh'herr auf den Anstand geht;

Wenn paff! der stolze Edelherr
　　Erlegt das stolze Edelthier,
Den flücht'gen Zwanzigendener,
　　Als spür' er Neid ob solcher Zier.

Es ist der Graf, der große Mann,
　　Der Herr der Landschaft rings umher;
Mich sieht er nicht, den Bürger, an,
　　Doch liebt sein Weib mich um so mehr.

Sie wünschte meinen Unterricht
　　In Dichtkunst und Orthographie;
Rechtschreiben aber lernt sie nicht,
　　Doch um so besser Poesie:

Was männlich reimt und weiblich sich,
　　Das, sagt sie, sei Dichtkunst allein,
Und der Belehrte jetzt bin ich
　　Und ich will gern ihr Schüler sein.

Es heißt: „durch Lehren lernen wir,“
　　Und Das bewährt sich wunderbar:
Ein bess'rer Schüler ward aus mir,
　　Als jemals ich ein Lehrer war.

Sie sagt, die Wiese sei so schön
  Und weicher als des Grafen Pfül,
Und ich sei mehr als seiner zehn
  Und habe Geist und viel Gefühl.

Sie sagt, daß ich von Adel sei,
  Sie seh's mir an der Stirne an,
Und zähl' ich keine Ahnenreih',
  Ich könne selber sein ein Ahn.

Sie sagt, sie hasse ihren Herrn,
  Und brennt und bebt, wenn sie mich küßt —
Ein herrlich Weib! ich habe gern
  Verzieh'n ihr, daß sie Gräfinn ist.

---

## Mina, die Rose.

### Introduktion, mit Uebersendung eines Rosenstocks zum Geburtstag.

Wo fänd' ich deiner Lieblichkeiten,
  Wo eine Mina's würd'ge Zier?
Zum Schutze vor Verlegenheiten
  Biet' ich dich selbst als Gabe dir.

### Keine Wahl.

Dich sehen heißt dich lieben!
  Wie konnt' ich zögern, Götterkind,
Wo nur die Wahl geblieben:
  Verliebt zu werden oder blind?

3*

### Liebeshandel.

Für einen Kuß verlangst du ein Gedicht!
  Den Handel geh' ich unbedenklich ein:
Ich weiß, bei einem Kusse bleibt es nicht
  Und's Reimen wird dann bald vergessen sein.

### Die Rose.

Du schönste Rose, die je ward gebrochen,
 Nie kann ich bewundern dich genug,
Doch haben mich deine Dörner gestochen:
  Die Nadeln waren's am Busentuch.

### Verwandtschaft.

Das Schönste sind doch die Weiber
Und neben den Weibern die Blumen;
Ihr Blumen seid stumme Weiber,
Ihr Weiber seid redende Blumen.

### Anderer Pygmalion.

Wär' ich Pygmalion, im Liebesschmerz
  Würd' ich wohl keinem Steinbild Seele geben:
Ich drückte bloß mir eine Ros' an's Herz
  Und riefe dich, du Holde, in das Leben.

### Bei Nacht.

Des Mondes Glänzen zittert auf den Blättern,
Der Nachtigallen liebeheischend Schmettern
Löf't ab den trunk'nen, kußverstummten Mund;
Das Aug' ist trunken und das Ohr ist trunken,
Das Herz ist ganz in Trunkenheit versunken,
Ach, trunken ist das ganze Erdenrund.

## Bei Tag.

Nachdem du im See beim Baden,
Du Tolle, beinah ertrunken,
Da bin ich, mit dir beladen,
In's Gras des Waldes gesunken.


Doch du schlugst auf eine Lache
Ob meinem verliebten Schrecken —
Da eilte ich glühend vor Rache,
Deine Kleider im Schilf zu verstecken.


Da stand'st du, Anadyomene,
Du Schönheit des Paradieses!
Kein Paris sah solche Helene,
Kein Adam ein Bild wie dieses.


## Neu getauft.

Ich taufte Eva dich seit jenen Stunden,
Doch du kamst ohne Schlange zum Verständniß:
Wir haben ganz allein den Weg gefunden
Zu dem verpönten Baume der Erkenntniß.

## Einsamkeit.

Ich bedaure die Blumen,
Die einsam auf hohem Stängel blüh'n,
Ich bedaure die Sterne,
Die einsam durch den Himmel zieh'n,
Ich bedaure den Schiffer,
Der einsam steuert auf wildem Meer,
Ich bedaure das Irrlicht,
Das einsam irrt im Moor umher,
Ich bedaure den Teufel,
Der einsam thront im Höllenpful,
Ich bedaure den Papen,
Der einsam sitzt im heiligen Stul,
Ich bedaure den Herrgott,
Der einsam über sich selber sinnt,
Ich bedaure die Jungfrau,
Die einsam empfing das Jesuskind,
Ich bedaure die Hunde,
Die einsam liegen an ihrer Kett',
Ich bedaure die Männer,
Die einsam liegen in ihrem Bett';
Doch all mein Bedauren
Wird bloß dadurch verschuldet sein,
Daß du dich bewacht sah'st
Und ließest mich einen Tag allein.

## Rückblick.

Nur eine Nacht!
So haben wir zuvor gedacht,
So lang wir heimlich noch am Wünschen waren;
Jetzt lachen wir
Uns gegenseitig aus dafür,
Denn unbescheiden wird man mit den Jahren.

## Schlecht prophezei't.

Ein Pfaffe hat dir prophezei't,
Du werdest keine Tugendheldinn werden.
Der Schlingel war nicht recht gescheidt:
Die schönste Tugend übst du ja auf Erden.

## Lebensweisheit.

Die Welt ist so schön und der Mensch ist so dumm —
Du herrliches Weib, wie vernünftig bist du!
Er treibt sich als Esel im Leben herum
Und schließet als Ochse die Augen zu.
So sprach ich, von heiligem Grimm durchdrungen,
Dann entschlief ich, von seidenem Arm umschlungen.

## Rose und Rose.

Du warst so scheu und doch so lose,
Die Lust verrätherisch verhehlt,
Wie eine halb erschloss'ne Rose,
Der einzig noch das Brechen fehlt.

Doch welkt, gebrochen und berochen,
So bald der Gartenrosé Flor;
Du aber, seit du wardst gebrochen,
Blühst du noch schöner als zuvor.

### Körper und Seele.

Du fragst, ob's bloß die Körper=Schönheit ist,
Warum ich Dich zur Göttinn wähle?
Du Schönste weißt ja selbst nicht was du bist:
Dein Körper ist ja lauter Seele.

### Mehr Lebensweisheit.

Die Schlange spricht: des Lebens Loose
Sind falsch, drum in den Apfel beiße!
Heut' bist du eine rothe Rose
Und morgen bist du eine weiße.

### Aerger in der Liebe.

Wer dich liebt, den mögt' ich prügeln,
Weil er uns zu stören droht,
Wer dich nicht liebt, mögt' ich striegeln,
Denn er ist ein Idiot.

### Zur Nutzanwendung.

Es gönnte keinen Stammvertreter
Venus dem häßlichen Vulkan:
Die Liebe rächten fremde Väter
An dem verhaßten Ehemann.*)

---

*) Es ist mir nicht zweifelhaft, daß die Griechen einen tieferen Sinn damit verbanden, als sie die Göttinn der Schönheit und Liebe mit dem Gott der Häßlichkeit und Unliebenswürdigkeit vermälten. Sie haben dadurch ohne Zweifel das Loos repräsentiren lassen wollen, welchem so manches Weib in den unlöslichen Banden eines unnatürlichen Verhältnisses verfällt. Zugleich aber haben sie das Remedium der Gerechtigkeit dadurch dargestellt, daß Venus dem Vulkan keine Kinder gebar, dagegen mit dem Mars, dem Merkur, dem Bachus u. s. w. eine Menge Sprößlinge erzeugte.

## Moralische Vorlesung.

Erst kam er bettelnd mit der Leier,
Jetzt schwingt er den Kommandostab,
Er kroch vor dir als bloßer Freier
Und blickt als Mann auf dich herab.


So wird es jedem Weib geboten,
Das Trug in's Netz der Ehe spinnt:
Die Männer sind so lang Despoten,
So lang die Weiber Thoren sind.


Ihr werdet nimmer wahre Frauen,
Wollt Ihr nicht werden stolz und frei:
So lang euch Pfaff' und Schöffe trauen,
So lang bleibt ihr in Sklaverei.


Wenn zwei sich lieben — das ist Ehe!
Die Fessel braucht nur der Thrann.
Zum Henker dein Gebieter gehe,
Blick her, mein Weib, hier steht dein Mann!


## Drohende Gefahr.

Sie wissen nichts und doch will man uns scheiden?
Wen könnten unbekannte Freuden kränken?
Wär' ich ein Gläubiger, ich würde denken,
Daß Götter und Göttinnen uns beneiden.

## Mina's Trauer.

Es sei der Mann die starke Eiche,
Dem Weibe ziemt Alleinsteh'n nicht,
Daß es der Epheuranke gleiche,
Die liebevoll sich um ihn flicht.


Und wenn in Sturm und schwerem Ringen
Die Eich' ihr freundlich Grün verliert,
Der Epheu wird sie treu umschlingen,
Bis sie der Lenz von Neuem ziert.


Doch wenn sie Eich' und Epheu scheiden?
Die Eiche steht für sich allein,
Der arme Epheu wird vom Leiden
Der Sehnsucht bald gebrochen sein.


## Keine Thränen!

Zum ersten Mal hab' ich dich weinen seh'n
Schon trauernd in vorweggenomm'nem Sehnen;
Du weinst nicht wegen Dessen, was gescheh'n,
Du darfst auch nie dich drum betrogen wähnen:
Was ewig bleibt in der Erinn'rung schön,
Darfst du nicht trüben durch des Kummers Thränen,
Und bis uns auf der Zukunft Sterne geh'n,
Muß die Erinnerung den Pfad verschönen.

### Abschied.

Es sieget die Gewalt! O Schmerz und Schmach!
Doch uns're Treue rächt uns unterdessen:
Wohin das Schicksal mich auch werfen mag,
Nie werd' ich, theures Wesen, dich vergessen,
Es hängt die Sehnsucht ewig an dem Tag,
An dem ich dich zum letzten Mal besessen,
Es klingt mir deine süße Stimme nach,
Bis sie verstummt im Säuseln der Cypressen.

### Trennung.

Bis gestern war mir Alles Sonnenschein,
Heut' ist mir Alles öd' und trübe.
Dir, holdes Weib, wird es nicht anders sein —
Das ist der Trost getrennter Liebe.

### Nachruf.

Du bist so weit und kannst es nicht verschmerzen,
Daß dieses einzig schöne Glück zerrann.
Ach! nimm es dir nur nicht zu sehr zu Herzen,
Sonst folg' ich dir und fang's von Neuem an!

### Schicksal.

Der einst dich durft' in seine Arme pressen,
Der deiner Schönheit Götterreiz besessen,
Hat später einsam sich begnügen müssen,
Die todte Locke deines Haars zu küssen.

## Spätere Erinnerung.

Wohl thöricht ist, wer immer rückwärts denket,
Auch lacht dir ja noch treu der Hoffnung Blick,
Doch bleibet das uns stets das schönste Glück,
Das der Verlust uns hat in's Herz versenket.

# III.

# Vermischte Gedichte.

Verschied'ne Stimmung und verschied'ne Zeit,
Bezeichnet mit verschied'nen Namen,
Vereinet ohne Widerstreit
Als Quodlibet derselbe Rahmen.

# Ermannung eines jungen Poeten.
## (1827.)

Ihr tadelt uns, daß wir nichts Neues mehr,
Nichts Eig'nes haben aufzutischen,
Und seht nicht ein, daß wir im todten Meer,
In einem leergefang'nen Wasser fischen.
Seid ihr gestreng, so seid auch billig,
Bedenkt, was Menschenwitz vermag:
Sind wir zum Schöpfen noch so willig,
Was hilft's? Die Quelle rinnt zu schwach.
Wollt ihr durchaus was Neues haben,
So schafft auch neuen Stoff uns an;
Bedenkt, daß man die besten Gaben
Schon bei den Frühern finden kann.
Schafft neue Liebe, neue Jugend,
Schafft neuen Muth und neuen Wein,
Schafft neue Welt, schafft neue Tugend,
Dann soll's auch neu besungen sein.
Das Feuer, das unsern Ahnen geflammt,
Es kann uns keinen Trieb mehr geben,
Wir wurden einmal nun verdammt,
In diesem kalten Säkulo zu leben.

Ehmals wurd' Alles mit Respekt gelesen,
Wer da was schrieb, der wurde anerkannt,
Jedoch wer früher ein Genie gewesen,
Der würde jetzo kaum genannt.
Wir seh'n uns um in jedem Fach,
Wir forschen allen Spuren nach,
Besteigen den Parnaß zu Fuß,
Besteigen ihn zu Pegasus
Und reiten Schritt, Galopp und Trab
Durch Busch und Feld, bergauf und ab
Und suchen, ob nichts mehr zu finden,
Das And'rer Verse nicht schon verkünden;
Doch Alles ist so oft bewandelt,
Gefühlt, gedacht und abgehandelt,
Daß, was man macht und was man wählt,
Nur scheint den And'ren nacherzählt.

Es will uns kein Apoll grundneuen Stoff mehr schenken
Und, wie sich's da von selbst versteht,
Es ist jetzt an Originalität
Mit keiner Ahnung mehr zu denken.
Wer soll uns rathen, helfen, stärken?
So sollen wir aus And'rer Werken
Ein eigenes zusammenflicken?
Da machten wir's wie mit den neuen Musikstücken,
Die bald gestohlen, bald wie absichtlich geraubt
Und bald gedreht und bald geschraubt,
Geleimt, geschnitzelt und gestutzt,
Reminiszenzen aufgeputzt,
Mit Variationenlaub umwunden,
Doch gleich verrathen und bekunden, .

Was das für Flunkerei und List,
Wer Pfuscher und wer Autor ist.
Den Meisten freilich scheint es Einerlei,
Ob, was sie bringen, Ihrer oder And'rer sei:
Sie quälen sich koquet mit Anderer Manier
(Ironisch nicht, wie ich denn hier
Zum Spaß hanssachs' und göthesir')
Und dichten aus der Seele nicht, sie dichten vom Papier.

Da wirft sich mit Gewalt und durstend ungestillt
Der Eine auf die Kunst, von Zeugungsdrang erfüllt,
Will Künstlerleben so recht göthiglich umfassen
Und sich in seiner Sprach' und Styl
So recht gemächlich göthisch gehen lassen.
Er schreibt zwar sonst von Allem furchtbarwarm und viel,
Doch, meint er, könnt' er so nicht ehrlich leben,
Wenn er nichts über Kunst zum Besten hätt' gegeben.
Da ist's denn eine Seeligkeit, Genuß und Lust,
Die ihm so wunderbar durch Nerv und Leben quillt,
Und fragst du, was es eigentlich denn will und gilt,
Ist ihm davon so viel wie vom Chinesischen bewußt.

Ein Andrer füllt den Dichterstrauß mit Tulpe und Ranunkel,
Beladen und gespickt mit Demant und Karfunkel,
Und ist so duft= und saamenlos wie seiner Blumen Schein
Und kalt und ohne Herz gleich seinem Edelstein.
Doch das ist der Entwickelung Beginn:
Wenn sich durch Uebung seine Flügel breiten,
Dann fliegt er erst recht schillerisch dahin,
Wie ein Passatwind rauscht er in die Saiten
Und hochgemuthet und voll Göttersinn
Durchsegelt er die Räume und die Zeiten.

4

Bald droht er unf're Bruft zu ſchmelzen,
Bald auf des Parenthyrſus Stelzen
Den Himmel uns auf's Haupt zu ſchmeißen,
Bald mitleidlos das Herz uns auszureißen.
Doch haben wir viel gehört, ſo haben wir nichts geſeh'n,
Noch weniger gefühlt und können weiter geh'n.
Was helfen ellenlange Sporen an den Ferſen,
Wenn es dem Pegaſus an Kraft gebricht?
Der Schiller ſtürmt zwar in den Verſen,
Doch in dem Verſemacher nicht.


Sieh', dort kommt Einer mit Orakelſpruchsgeſicht
Und läßt des Schickſals dumpfe Stimme hören,
Er führt uns durch des Mondes bleich Geſpenſterlicht,
Sucht uns den Schlaf durch Eulenruf zu ſtören
Und legt ſo ahnendviel in ſeiner Worte Sinn,
Daß man nicht weiß, woher damit, wohin.


Sein Nachbar brummt kloppſtockiſch=odiſch,
Daß euch der Kopf wird antipodiſch.


Ein And'rer kann nicht wiedergeben
Die inn're Welt und Seelen=„Weben".


Liebt ihr das Weben nicht, ſo geht zu jenem Chor,
Da lieſ't verſtändlich Einer Mordballaden vor.
Er zeichnet Adam ohne Blatt,
Da könnt ihr „Gottes Wunder" ſehen,
Und wer ein Trommelfell in ſeinen Ohren hat,
Der kann unmöglich widerſtehen.

Ihr wollt ihn nicht? So trocknet Dem die Thränen,
Der dort vergeht in Herzleid und in Sehnen.
Ich aber will, um ihn zu honoriren,
Bei ihm mein Haus assekuriren.

So plagt sich Jeder was er kann,
Es ist ein Jammer anzusehen;
Nach Unnatur, nach Prunk strebt Jedermann,
Wahrheit will Keiner üben und verstehen.
Sie phantasiren höll' und himmelwärts
Und sind zufrieden, sind nur Worte gleich zur Hand,
Und redet ihr Verstand, so spricht er ohne Herz,
Und redet gar ihr Herz, verlier'n sie den Verstand.
Nicht überdacht, was sie gefühlt,
Und nicht gefühlt, was sie gedacht,
So ist's, wie man mit Worten spielt,
So ist's, wie man Gedichte macht.

So steht's nun mit der jungen Poesie,
Der ich geweiht mein bürgerlich Genie.
Wie bring' ich Licht und Rath darein?
Nachäffer werden will ich nie
Und doch beherrschet mich die Zeit wie sie:
Zum Schaffen reicht nicht Phantasie,
Zu Oden nicht der Schwung allein,
Die Elegie macht mir und And'ren Pein,
Und dennoch muß gedichtet sein.
Ich denke, die Satyre ist
Doch auch, um ein Genie zu adeln,
Und wo nichts mehr zu loben ist,
Da gibt es um so mehr zu tadeln.

4*

Drum sei's! Die Elegie ist mir fatal,
Dem Wortgepräng' und Schwung will ich entsagen,
So werd' ich dieser Narrenwelt einmal
Recht frank und derb die Wahrheit sagen.

## Sprachmangel.

O wär' mir's doch gelungen,
Den Quell, der aus dem Herzen mir gesprungen,
Den Strom, der durch die Seele mir gegangen,
In Wortgefäßen aufzufangen!
Ich konnt' es nicht.   Bald sprang des Bogens Rund
Hoch über mich, in's Träumemeer enteilend,
Bald quoll er murmelnd durch der Seele Grund,
Und sinnend lauscht' ich ihm, am Ufer weilend.
Was ich erhascht, war bald ein Flöckchen Schaum,
Der spritzend an das Ufer sprang
Und schon zerging, wenn er ergriffen kaum,
Bald war's ein Krebs, der rückwärts aus dem Wasser drang
Und sah, woher ihn führte, nicht wohin sein Gang;
Dann war's ein Felsstück, das der Strom vom Ufer schlug,
Und eine Blume, die das Felsstück trug.
Das ist's.   Jedoch die frische, dunkle Flut,
Der Fische schimmerreiche, muntr'e Brut,
Der Schmuck und Glanz, die in der Tiefe blieben,
Die Lilien, die auf dem Strome trieben,
Und gar die Schaar der Nixen, die auf tiefem Grund
Bald Zauber spannen, bald mit süßem Mund
Im Mondschein ließen ihren Sang ertönen,
Die konnt' ich weder fangen noch gewöhnen.

Auch konnt' ich nicht die bunten Vögel fangen,
Die über'm Wasser in den Zweigen sprangen,
Den Nymphenchor, der in den Wäldern klagte,
Und nicht das Wild, das durch die Berge jagte.
Und wie gar hätte ich den Strom gepackt,
Wo er vom Felsen braus't als Katarakt?
Und wo er taumelnd aus den felf'gen Räumen
Hinab sich wälzet in ein Grab von Schäumen?
Sich dann aus Schwall und Strudel kämpft empor,
Gehüllt in Dampf und Nebelflor,
Und durch ein siebenfarbig Thor
Hinabschleicht in das grenzenlose Meer,
Von wannen keine Wiederkehr?


Ihr habt es selbst erfahren und ihr lacht?
Ich muß es dulden, könnt ihr es nicht lieben,
Wenn ein Poet das Schlechteste nur aufgeschrieben.
Doch bleibt's: die besten Gedichte, die ich hab' gemacht,
Sind die, die ungemacht geblieben.

---

## Denken und Poesie.

### 1.

In diesem leeren,
Vergänglichen Leben
Ist etwas werth,
Daß es besungen werde?

Streifst du die nichtigen Blätter vom Baum,
Was bleibt nach so leichtem Raub
Von dem ragenden, stolzen Waldbeherrscher,
Als der nackte, reizlose Stamm?
Kann die Täuschung nur und die Dichtung
Mit phantastischem Laub
Unf're Freuden zu grünenden,
Lebendigen Pflanzen schaffen?
O doppelt unglücklich dann,
Wem keine Aganippe
Das verderblichhelle,
Schmerzsuchende Auge badet!

So bliebe des Strebens nichts
Und des Besingens werth,
Als der Quell des Gesanges selbst!

Doch ach!
Was schreckt auch den
Vermeintlich Sich'ren
Aus der geträumten Seeligkeit?
Ist es nicht Täuschung auch,
Was an die Flut
Des heilenden Quells
Die unbefriedigte Seele führt?
Wo strömt und woher die Quelle?
Strömt sie vernehmbar
Und wirklich und gewiß,
Wie die Welle des Waldstroms
Aus eig'ner Kraft zwangloser Natur,
Unsterblich, unversiegbar und klar

Aus fichtenumkränzten
Schluchten stürzt?
Und beut sie, wie der Bach,
Der die muntre Forelle nährt,
Dem durstenden Erdensohn
Durststillenden Labetrank?

Weh' der Ueberzeugung,
Der entseelenden Feindinn!
Sie zerreißt das leichte,
Rosenfarb'ne Gewölk,
Das mit süßer Empfindung
Und wonnigem Taumel
Und heiligen Schauern
Die kindlich sorglose Seel' umfing.

O kindliche Seele,
Unschuld'ger Natursinn,
Verschwund'nes Geschenk einer fernen Zeit!
Nur du kennst das Glück,
Vom Wissen, vom Denken
Vergebens gesucht.
Du kindliche Seele, von Genien bewacht,
Nur dich sucht das Glück,
Denn du suchst es noch nicht.
Von Träumen gewoben,
Umspinnt dich der rosige Flor,
Nur dir bringt die Dichtung
Den Himmel in's Herz
Und, ohne den Roßquell,
Bist du nur ihr Liebling.

Dich beneidet das reife,
Verlassene Herz
Und das Wissen, das Denken
Dich erschafft es nicht mehr.
Ihm zerriß das unsichtbare Band,
Von der Hand der Natur
An den Himmel geknüpft.
Ein neues sucht es sich künstlich zu schaffen,
Doch kann auch zur Natur
Die Kunst zurück sich künsteln?
Ihm treibet der Kunst
Und stets der Kunst
Mühvolle Empfindung
Den versiegenden Quell,
Daß er vernehmbar, wirkend daherfließt.
Seht ihn, wie er, kein freier,
Bewußtloser Sohn der Natur,
Der Regeln gemessene Spur,
Nachtwachen und Müh'
Und ängstliche Wahl
Und gelehrte Berechnung,
Unechtes Gefühl und den Schaum
Unsteter, kalt verbrausender,
Durchdachter Begeist'rung
In der getrübten Flut dahinführt!
Ich höre, Dichter, in deinem Gedicht
Nicht singen deine Lust,
Nicht seufzen deinen Schmerz;
Sagen hör' ich dich nur zu mir,
Daß du mir vorsingst deine Lust
Und mir vorseufzest deinen Schmerz.

Einsam im Dunkel
Des Waldes singt,
Sich selbst genug,
Ihr Sehnen, ihre Liebe
Die Nachtigall.
Sie sucht nicht den Hörer
Ihrer Melodie'n
Im tobenden Schwarm der Märkte auf
Und theilt nur dem einsamen Wand'rer
Das Geheimniß ihrer Empfindung mit.
Und lauschte nie ein Wand'rer ihren Tönen,
Es klänge doch ihr Trost, ihre Lust,
Der Gesang durch das Dunkel des Waldes fort.
O wärst du, Nachtigall, ein Poet!
Warum kann der Poet nicht Nachtigall sein?
Ach! Keine freie
Blume der Natur,
Muß selbst die Dichtung
Die Tochter werden
Der mühsam treibenden Kunst?
Und der Täuschungen Mutter
Muß selbst nur Tochter der Täuschung   sein?
Der Unvollkommenheit
Tröstende Gehilfin
Mußt' auch sie unvollkommen sein?
Wechselnd verblüht
Und saamenlos die Phantasie;
Eine trügende Sonne
Streut sie die Farben des Regenbogens,
Und ein todtes Prisma, ein Gedicht,
Bewahrt den nichtigen Schatz.

Wo bleibt noch die letzte
Zuflucht der verarmten Seele?
So karg ward die reine
Unverfälschbare Freude dem schwachen,
Hilflosen Sterblichen zugemessen,
Daß er mit erzwungener Täuschung
Den öden Pfad sich bepflanzt
Und, der Täuschung sich bewußt,
Ihr dennoch sich hingibt!

Ist etwas werth,
Daß es besungen werde?

## 2.

### (Zehn Jahre später.)

Durch Denken rückgekehrt
Zu dieser schönen Erde,
Findest du Alles werth,
Daß es besungen werde!

Nenn' es nicht Poesie,
Des Denkens sich entwöhnen,
Und such' die Harmonie
Des Denkens mit dem Schönen.

Wer sich bewußt und frei
Kann in die Welt versenken,
Nur dem bleibt schön und neu
Das Leben durch das Denken.

Und was des Lebens Gunst
Ihm flüchtig übergeben,
Dem schafft der Geist der Kunst
Ein unvergänglich Leben.

---

## Schmerz und Poesie.

Wer kann beim besten Willen
Stets froh und schmerzlos sein?
Die Wehmuth find't im Stillen
Sich immer wieder ein.

Und was mir das Bestreben,
Schmerzfest zu sein, gebracht,
Ist dieß, daß es daneben
Mich nur prosaisch macht.

Frei will der Schmerzquell rinnen
(Der Felsen selber weint),
Verschließest du ihn drinnen,
Der Quell wird mit versteint.

Es wird zur Stachelgrotte
Voll Tropfgestein dein Herz;
Du erndtest nur an Spotte,
Was du verlierst an Schmerz.

Drum, Wehmuth, magst du walten,
Erlieg' ich dir doch nie,
Und männlich und gehalten
Wird Schmerz mir Poesie.

# Der letzte Streit.

Es nahte die Stunde, die Ewigkeit schien
Schon trüb durch das Klaffen der Spalten;
  Es rang die Seele, dem Leib zu entflieh'n,
Er rang, um zurück sie zu halten.
  Schon zog sich die Sehn', es erlosch der Blick,
  Da schlang noch die sterbende Kraft sich zurück
Und drang durch die Hülle der Falten:


### Der Leib.

  Du gibst, die kein Ungemach von mir schied,
Jetzt vor, deine Rechte zu fodern,
  Du siehst die Entscheidung, die Hoffnung entflieht,
Der Scheiter beginnet zu lodern.
  Du strebest auf purpurnen Flügeln hinauf,
  Du wendest voraus, ich zurück den Lauf,
Ich soll in dem Staube vermodern.


### Die „Seele."

  Todt warst du vom ersten Augenblick,
Aus dem Stoff der Erde gegohren,
  Ich gab dir das Leben, ich nehm' es zurück,
Ich ward für das Ew'ge erkoren,
  Ich strebe auf purpurnen Flügeln hinauf,
  Ich wende hinan, du hinab den Lauf,
Du bist für die Erde geboren.

## Der Leib.

So spreche der Richter das Urtheil aus,
Er weis' uns des Aufenthalts Stelle,
   Du sollst mit hinab in die finstere Klauf'
Oder ich mit hinauf in das Helle!

    Es hob sich ein Thron, erhöht von Gebein,
   Dort thronte der Richter bei phosphornem Schein,
Und es strömte die klagende Quelle: .

## Der Leib.

Sie hat mich als sichere Barke gewagt,
Da das Meer sie des Lebens beschiffte,
   Mich durch die Gefahren der Erde gejagt,
Sie hat mich gejagt durch die Lüfte.
   Die Kraft ist verblüht, das Ziel rückt heran,
   Jetzt stößt mich die Falsche zurück von der Bahn
Und verdammt mich zum Moder der Grüfte.

## Die „Seele."

Du hörest, o Richter, das frevele Wort,
Die Falschheit hörst du des Bösen;
   Er zieht mich vor diesen heiligen Ort,
Um die alberne Frage zu lösen.
   Ich hab' ihn zum sicheren Hafen gelenkt,
   Ich hab' ihm die Ruhe, den Frieden geschenkt,
Mein Lohn ist Verleumdung gewesen.

## Der Leib.

Ohne Hilfe kam ich und nackt auf die Welt,
Mein Leben verdank' ich der Liebe.
  Nackt wird auch das Thier auf die Erde gestellt,
Doch geleitet von nährendem Triebe.
  Ich weint' im Beginn dir, du hörtest mich nicht,
  Ich weine dir jetzt die vergessene Pflicht,
Doch ich schöpfe den Trank mit dem Siebe.


## Die „Seele."

O Undankbarer, so denkst du nicht mehr
Meiner Führung auf jeglichen Wegen,
  Meiner Weisheit nicht, meiner tröstenden Lehr',
Meiner Rettung auf schwindelnden Stegen?
  Du schlossest am Abend das Auge zu,
  Ich ließ mir bei Tage, bei Nacht nicht Ruh'
Und sah deinem Schicksal entgegen.


## Der Leib.

Den Ermatteten hast du bei Tage geplagt,
Und rühmst du dich jetzt noch verwegen,
  Daß auch mich bei Nacht deine Träume gejagt?
Doch, bist du so sorgend verlegen,
  Jetzt schließ' ich auf länger das Auge zu,
  Warum suchest du jetzt denn so eifrig die Ruh'?
Jetzt sieh' meinem Schicksal entgegen!

## Die „Seele."

Dir dient' ich genug.   Meine edelste Kraft
Es hat deine Gier sie gesogen;
　Wo ich mich dem Schlamme des Lebens entrafft,
Hast du mich herniedergezogen;
　Selbst als mich emporhob der Liebe Glück,
　Selbst da riß dein rohes Geschrei mich zurück:
„Brod will ich, herniedergeflogen!"

.

## Der Leib.

　Hab' ich nicht deine Klagen geschrie'n?
Hast du mein Blut nicht verzehret?
　Hab' ich dir nicht meine Thränen gelieh'n?
Hat nicht mein Mark dich genähret?
　Ich habe nicht Hölle, nicht Himmel gesch'n,
　Nicht gezaudert, Verbrechen und Mord zu begeh'n,
Sobald dein Dienst es begehret.

## Die „Seele."

　O laß uns als Freunde geschieden sein!
Ich will dich, ich kann dich nicht hassen.
　Meine Liebe nimm mit in das Grab hinein,
Dein Herz werd' ich weinend verlassen.
　Führe sanft ihn, o Richter, zum Friedensort ein
　Und lasse die Erde sein schlafend Gebein
Wie den Freund die Freundin umfassen.

## Der Leib.

Dein Freund will ich sein, wie ich immer es war,
Doch wolle nicht Tod mir verkünden
Und laß uns jetzt als ein liebendes Paar
Uns fester und fester verbinden.
Wir waren ein Blut und ein Wort und ein Sinn,
So führ' uns, o Richter, vereint auch dahin,
Wo der Freund und die Freundinn sich finden.


## Die „Seele."

O freue dich, daß du vergänglich bist,
Laß ab von den thörichten Klagen!
Wenn an dir die Zange der Würmer frißt,
Dann werden mich andere nagen.
Was du in dem Leben verbrochen hast,
Ich habe die marternde, schreckliche Last
Vor den ewigen Richter zu tragen.


## Der Leib.

Sprich du mir, o Richter, das Urtheil aus,
Tod, weis' uns des Aufenthalts Stelle:
Lasse sie mit hinab in die finstere Klaus',
Oder mich mit hinauf in das Helle!
Ich lasse die flehende Klage nicht,
Ich begleite sie freudig vor jedes Gericht,
Ich folg' ihr in Qualen und Hölle.

## Die „Seele."

Es war sein letztes Wort, was er sprach,
Schon erblassen die fiebrischen Schminken!
  Bei der Zuckung, die tödtend sein Auge brach,
Ward ich frei und die Fesseln entsinken.
  Lebe wohl, o Welt, voll Schmerz und voll Schein,
  Die Seele zieht in ihre Heimath ein,
Wo Freude und Wahrheit ihr winken.


## Der Leib.

O wunderbar! Plötzlich belebet mich
Die Wirkung der heilenden Säfte,
  Es wandte der Kampf der Krankheit sich,
Es erholen sich neu meine Kräfte.
  Bis auf Wiederseh'n, Richter, verlass' ich dich
  Und neu gestärket wende ich mich
Jetzt wieder zum Lebensgeschäfte.


Doch du, triumphirende Seele, jetzt flieh',
Wohin deine Hoffnungen streben!
  Du schlugst die purpurnen Flügel zu früh,
Um in's Jenseits dich zu erheben.
  Nicht du bestimmest des Abschieds Zeit,
  Ich thue den Schritt in die Ewigkeit,
Mir folgst du zum Tod wie zum Leben.

## Der Richter.

Ihr Thoren fragt, ob ihr sterbt, ob ihr lebt!
Ist die Kuppel des Himmels am Wanken?
Haben die Säulen der Welt gebebt?
Sind die Kräfte des Lebens am Kranken?
So lang die große Natur besteht,
Frag' auch der Mensch nicht, ob er vergeht,
Wenn in's Grab seine Trümmer versanken.


Doch wißt; ich hege und hebe nicht auf
Der Theile vergängliches Leben;
Für das Ganze wirk' ich: in Stromes Lauf
Muß die Welle sich senken und heben.
Heut' stell' ich euch hier ein und morgen dort,
Ihr ändert, euch lösend, Gestalt nur und Ort,
Krafttheile zum ewigen Leben.


## Die Nonne.

### (1826.)

Zieh' den Vorhang vor des Lebens Sonne,
Deine Nacht verschleuß vor ihrem Glanz,
Abgeblüht ist dir die Zeit der Wonne,
Winde dir getrost den Todeskranz!

Laß hinein der Blumen schönste pflücken,
  Die so liebreich deine Pflege schuf:
Deines Leichenzuges Flor zu schmücken,
  Sei ihr letzter, trauriger Beruf.


Schon umdüstern dich die öden Hallen,
  Tritt hinein in's neue Brautgemach!
Statt des Brauttags Jubeltöne schallen
  Dir die Klagen deiner Lieben nach.


Mahnend knarrt die Angel an der Pforte
  Und der Riegel klirret fürchterlich:
Offen war der Eingang zu dem Orte,
  Doch der Rückweg sperrt auf ewig sich.


Deinem Glücke hast du abgeschworen,
  Schöne, vielbeweinte Büßerinn;
Für des Lebens schönstes Loos geboren
  Riß des Grabes Zauber dich dahin.


Deine Reize blühten für die Todten,
  Deine Blumen fallen weinend ab,
Alles, was das Schicksal dir geboten,
  Nimmst du ungenossen mit in's Grab.


Abschied nimm vom menschlichen Geschlechte,
  Nimm von Allem, was die Schöpfung beut:
An die Welt verlorst du deine Rechte,
  Such' Entschäd'gung bei der „Ewigkeit.“

In die Ewigkeit bist du getreten,
 Als du in des Klosters Halle tratst,
Um dein Leichentuch hast du gebeten,
 Als du um den Nonnenschleier batst.


Keine Freundschaft scherzt an deiner Stäte,
 Keiner Liebe ist dein Herz geweih't,
Seufzer nur und flüsternde Gebete
 Sind die Stimmen deiner Einsamkeit.


Keine Laute tönt in deiner Zelle,
 Keine Freude spricht in deiner Brust,
Nur das traur'ge Läuten der Kapelle
 Trifft dein Ohr und Tod heißt deine Lust.


Ach! Umsonst im Leidensbuch der Zeiten
 Such' ich, was von gleichem Schmerze spricht.
Selbst der Dichtung alte Furchtbarkeiten
 Kennen deines Looses Schauer nicht.


Heiter, wie der Schein der Frühlingslüfte,
 War, Proserpina, dein schwarz Geschick:
Freudig kehrtest du vom Herrn der Grüfte
 An der theuren Mutter Brust zurück.


Und nur schöner lachte dir die Sonne
 Nach der lang ersehnten Wiederkehr,
Aber auf den Abschied einer Nonne
 Folgt kein Tag des Wiedersehens mehr

Sie, der keine Räuberhände harrten,
  Die kein Hades trügerisch entrückt,
Ward auf ewig aus des Lebens Garten
  Als die schönste Blume weggepflückt.


Nicht der Reue heißgeweinte Zähren,
  Keines Retters liebevolle Hand,
Nicht der Sehnsucht schmachtendes Begehren
  Löst die Fessel, die sie eisern band.


Alle Mächte lassen sich erbitten,
  Nur nicht die, die ihr den Schleier gab,
Und die Schärfe, die ihr Haar zerschnitten,
  Schnitt auch ihres Daseins Faden ab.


Ach! Und nur ein Schein hat sie betrogen,
  Nur ein Irrwahn ist's, der ihr gebeut;
Ihr Entsagen wird nicht eingeschrieben
  In's Verdienstbuch der „Unsterblichkeit."


Von dem Trug der Pfaffen angezogen
  Gab sie dem Verderber ihren Schwur;
Um den „Himmel" war sie schon betrogen,
  Und vorweg nimmt sie die „Hölle" nur.


Der sie liebte, in den schönsten Tagen,
  Ihres Wahnes Opfer, welkt' er hin;
Ihre Thränen werden nach ihm fragen,
  Ihr Reue, seine Rächerinn.

Schon vom Angstruf fühl' ich mich durchschauert,
Reue war ihr einziges Vergeh'n,
Ihre Strafe — — lebend eingemauert
In Verzweiflung ringend untergeh'n.

---

## Gebet in Zahlen.

Nimm an, daß eine Kugel, gleich dem Licht,
In der Sekunde laufe tausend Fuß,
So braucht sie, um die Erde zu umkreisen,
Doch einen Tag, zehn Stunden und ein Viertel.
Wenn sie jedoch die Sonne will erreichen,
So braucht sie vierzehn und ein Viertel Jahr'.
Wenn du sie willst zum nächsten Fixstern senden
(Wir wollen Sirius ihn nennen, welcher
Vier Billionen Meilen von uns steht —
Wenn acht du zählst in der Sekunde, zählst du
Just in viertausend Jahren Billion —),
So läuft die Kugel drei Millionen Jahre.
Und Das ist nur ein Schritt! Der Teleskop
Hat Sterne schon gezeigt, dreitausendmal
So fern wie jener Sirius, das ist
Zwölftausend Billionen Meilen fern!
Zu diesen Sternen wird die Kugel fliegen
In sechsunddreißig Millionen Jahren.

Welch' langer Weg voll Luft und voll Gefahren!
Mög' uns der Himmel gnädiglich bewahren!

## Einem Freunde.

Was du bescheiden übst in stiller Tugend,
Deß wird die Welt dir keinen Lohn gewähren,
Doch darin eben finde deinen Stolz.
Die schwerste Tugend ist, die Fehler meiden,
Ihr schönster Lohn ist, nicht gekannt zu sein.
Wer nicht zum Handeln hat die Macht erhalten,
Kann Tugend doch durch Unterlassen üben,
Und diese Tugend, höh'res Ruhmes werth,
Entgeht dem flücht'gen Blick der Eitelkeit.
Das Handeln ist die Tugend für die Welt,
Doch für's Bewußtsein ist's das Unterlassen.

## Die Musik der Vögel.

Ihr Frühlingssänger, solltet ihr
Aus Zwang und ohn' Empfindung singen?
Singt ihr nicht Weis' und Wort wie wir,
Drin Freud' und Leid der Seele klingen?

Doch hör' ich, gleich dem Wiederhall,
Das eine Lied wie's andre schallen:
So wie die eine Nachtigall,
So singen alle Nachtigallen.

Selbst ihr, die Menschengrausamkeit
Geblendet um des Singens willen,
Ihr wisset euer herbes Leid
Nur durch das früh're Lied zu stillen.

Könnt ihr nicht wechseln euer Spiel?
Könnt ihr nicht aus dem alten Kreise?
Ihr Armen habt nur ein Gefühl
Zu singen oder eine Weise.

## Die Trauerweide.

Warum seh' ich deine Laube grünen,
Schatt'ger Baum, auf Todtenhügeln bloß?
Reizt dich nicht das würdigere Loos,
Liebenden zum Baldachin zu dienen?

Wird, wenn deine Blätter einst sich kräuseln
Und verdorren und zerstreut verweh'n,
Auch ein Freund auf deinem Grabe steh'n
Und so treu auch deine Gruft umsäuseln?

Keiner wird sich nahen deiner Gruft,
Jeder wird sein Ohr der Freude leihen,
Die ihm aus des Lebens Garten ruft.

Willst du And'ren deine Tage weihen,
Weihe sie den Lebenden allein,
Und die Todten hüt' ein todter Stein!

## Stimmen der Weisen.

Die Kraft des Eindrucks liegt im Knall,
  Die Welt parirt dem Knalle,
Und ist er auch nur leerer Schall,
  Der Donner schreckt sie Alle.


Blind ist die wahre Politik,
  Je bunter desto frecher!
Im Wachen bräch'st du das Genick,
  Im Schlaf erklimmst du Dächer.


Halt' stets der Zunge Zügel an!
  Was kümmern dich die Possen?
Es fühlt dir Keiner auf den Zahn,
  Hälst du den Mund geschlossen.


Warum die Sache denn so ganz?
  So wirst du kein Hans Bendix.
Gibst du dem Dinge Kopf und Schwanz,
  Der Rumpf ist nur Appendix.


Wer klug sein will, muß possig sein;
  Laßt die Vernünft'gen rasen!
Die Possen freuen allgemein
  Gleichwie die langen Nasen.

Welt ist's, worum sich Alles dreht,
   Nur Feinheit kann dich segnen:
Nichts kann, wer nicht die Kunst versteht
   Von hinten zu begegnen.


Was pocht ihr auf der Götter Gunst,
   Daß ihr's zuerst gesehen?
Ist er gemacht, ist's keine Kunst,
   Den Schlüssel umzudrehen.


„Ich sei 'ne zeigerlose Uhr,
   Drum sei mir nicht zu trauen."
Wir Mädchen repetiren nur
   Und zeigen erst als Frauen.


Ward uns das kurze Dasein doch
   Zum Sterben nur gegeben,
Wozu bedenken wir uns noch,
   Uns wen'gstens todt zu leben?


Im Dunkeln streicht der kluge Mann,
   Bei Nacht sogar der Weise;
Sie sehen uns für Vögel an,
   Sind wir auch Flattermäuse.


Damit wir groß sind, seid ihr klein,
   Ihr müßt das Oben fühlen:
Die Menschen müßten Noten sein,
   Wollt' Gott die Geige spielen.

Neun Zehntel nehmt und schont den Rest,
　　Schont nur das Herz im Leibe,
Laßt nur dem Huhn ein Ei im Nest,
　　Daß es am Legen bleibe.


Gut, daß man noch die Quellen kennt,
　　Löschwasser draus zu schöpfen,
Denn wenn es irgend jetzo brennt,
　　So ist es in den Köpfen.


Das nennt man Brennen hier zu Land!
　　Ach! daß uns Gott erhalte!
Es ist nun freilich wohl der Brand,
　　Doch ist es nur der kalte.

---

## Musendienst.

Du nimst dich kläglich aus im Klagen;
　　Ein Mann klagt nie!
Mußt an der Menge du verzagen,
　　So geiß'le sie!


Willst du die Poesie vertreten,
　　Du Musenkind,
So zeige erst, daß die Poeten
　　Auch Männer sind.

Ich seh' dich den Verfall begreinen
    Der Poesie.
Wahr sei's, doch mag die Muse weinen,
    Ihr Priester nie!


Er mag der Gläub'gen sich bemeistern
    Durch sein Genie,
Doch kann er sie nicht mehr begeistern,
    So opfr' er sie!

---

## Freu' dich des Lebens.

### (Nach Lamartine.)

Laß pflücken uns die Ros', am Lebensmorgen pflücken,
Eh' sie der flücht'ge Lenz entführt vor unsern Blicken!
Maßloser Liebe voll, o holde Freundinn mein,
Soll unser Herz geweiht nur wahrer Freude sein.

Der Schiffer, sieht er wilder Wogen Schlag
Mit Schiffbruch sein gebrechlich Boot bedräuen,
Blickt jetzt umsonst der flieh'nden Küste nach;
Daß er die Ruh' gefloh'n, er wird's zu spät bereuen,
Zu spät, daß seine Götter und sein Land,
Daß er verließ der Väter Dach und seiner Lieben.
Gern wär' er jetzt, ruhmlos und unbekannt,
Dem Theuren nah, fern der Gefahr geblieben.
So weint der Mensch, beugt ihn das Alter in das Grab,
Um seiner Jugend Tage, die nicht rückwärts fließen.

„Die Jugend gebt zurück, die ich verloren hab',
O Götter, ich vergaß, zur Zeit sie zu genießen!"
Der Tod — antwortet und die Götter, die er angefleht,
Sie senken ungerührt ihn in des Grabes Beet
Und dulden's nicht, will er sich nach den Blumen bücken,
Zu sammeln, die er nicht gewußt zu pflücken.


    Lieben wir uns, holde Seele mein,
      Gönnen wir Andern die Sorgen des Strebens,
    Eitelkeit tauschen sie, Rauch und Schein
    Gegen die wirklichen Güter ein
    Opfernd die Hälfte des Lebens


    Gönnen den Großen wir Stolz ohne Freud',
      Endlos von Hoffnung geleitet;
    Wir, wir nützen was nie sich erneut,
    Leeren des Lebens Becher bei Zeit,
      Eh' er den Händen entgleitet.


Ob Lorbeer unf're Häupter kränze,
Oder bei blut'gem Kriegsgepräng'
In Erz und Stein gegraben unser Name glänze,
Oder, geleitend uns bis an des Lebens Gränze,
Die Lieb' einfach mit Blumen uns behäng':
Wir sind doch alle nur dem Meerbeschiffer gleich,
Der zag' und ungewiß durchirrt das Wellenreich,
Und alle werden wir an Einer Küste stranden.
Was ist's im Schiffbruch, wo die Wogen dich umbranden,

Ob ein berühmtes Schiff mit dir die See durchschweifte,
Oder ob einsam fahrend auf dem Meer
In leichter Barke du geschifft einher,
Die schüchtern das Gestade streifte?

---

## Dem Philologen Wolf.

### Erster Schüler.

Welcher Grimm! Ist der Tag genah't, der Tag des
Endes? Donnernde Wogen ihr, wo wird beginnen,
An des Himmels Gewölbe, oder an den
Säulen der Welt die

Schreckenvolle Vernichtung? Wahrlich, Feigheit
Hat die Brust nicht gekannt, die durch des Weltmeers
Furchtbarkeiten zuerst die Fahrt gewagt auf
Zitterndem Boote!

### Zweiter Schüler.

Fliehet, seht, wie es kreucht, das giftgefüllte
Hint're vorn! Ob es Skorpion, ob Spinn' es
Sei, das waget nicht weggewandt zu schau'n das
Starrende Auge.

Stumm bewunderet ihr des Meer's Bekämpfer,
Doch des Ruhmes nicht mind'rer Kühnheit werth ist
Der der Erste den Gaumen überrascht mit
Scheußlichem Krebse.

### Dritter Schüler.

Schweigt, ihr Kühnen!  Der Kühnste war von Allen,
Der aus Einem gemacht hat acht und vierzig
Und ein zweiter Jason hat vermehrt den
Einz'gen Homeros.

---

## Drake's Katheder.

### (1829.)

Als Drake in's Meer der Ewigkeiten
Durch den Kanal des Tods war ausgelaufen,
Um aufzustecken in des Himmels Weiten
Die britt'sche Flagg' auf jenen Weltenhaufen,
Da hat man aus dem Schiff, worin der Held
Zuvor umsegelt diese Welt,
Einen Lehrkatheder konstruirt
Und dieses Lehrerschiff der Universität
Zu Oxford deferirt
Als Lehremblem und Rarität.

Wohl unter'm Wassermann seid ihr geboren,
Beneidenswerthe Professoren,
Die euch das Schicksal auserkoren,
Von einem Sitz herab zu lehren,
Der einst getanzt auf allen Meeren!

Fürwahr, wie auf dem Karren stehet jeder
Der Andern neben euch auf dem Katheder
Und muß mit Müh' sich vorwärts schieben,
Ihr aber werdet vom Sturm getrieben.
Wie muß auf solchem Kiel, vom Geistesturm dahingerafft,
Sich segeln lassen durch das Meer der Wissenschaft!
Wie lassen sich entdecken
An allen Enden und Ecken
Die Inseln, Klippen, Riffe
Auf solchem Schiffe!
Wie lassen Physik und Astronomie,
Geschichte und Geographie,
Kameralia und Technologie,
Selbst Politik und Philosophie
Und all' die Meere sich durcheilen,
Worein den Ozean der Wissenschaft sie theilen!
Ich seh' euch treten auf's Verdeck,
Ihr seht in's Wetter frisch und keck,
Der Kurs wird kund gethan,
Die Fahrt geht an.
Aus der Tasche Tiefen seh' ich euch winden
Des Kompendiums Anker in die Höh',
Des Haupthaars Segel vertraut ihr den Winden
Und brauset kühn in die offene See.
Die Stirn' als Focksegel bläht sich voran
Und bricht die Bahn.
Als Spriet steht die Nas' in die Luft hinaus,
Das Kinn als Bug in der Wellen Gebraus.
Die Arme durchfahren ohne Rasten
Die Luft als Rahen und Masten.

Das Steuer am Spiegel ihr haltet es gut,
Es ist der Dreifuß, worauf ihr ruht.

So laßt ihr das Schiff auf den Wogen reiten.
Wohl fünfzehn Knoten in der Stunde,
Durch alle Längen und alle Breiten,
Nach allen Inseln in der Runde,
Und haltet nicht an und segelt zu,
Bis der Ferien Windstill' euch zwingt zur Ruh'.
Und was nun bringt ihr Segeler mit
Als Beute von eurem Wellenritt?
Ihr lenket Euer Schiff als prakt'sche Leute
Und, wie der Fährmann, ist auch seine Beute.
Es ist die Frucht von euren Fahrten
Nicht eingeschränkt auf Luxusarten,
Nein, an das Leben denkt ihr auch
Und bringt — Kartoffeln für den Hausgebrauch.
Und die mit eurem Schiff gefahren,
Sie kämpfen auf dem Staatsschiff mit den Jahren.

. Nun mögte ich, gelehrte Herrn,
Der ich euch preise hoch und gern
(Obschon des Denkens frei'ster Kern
Wohl etwas schwer euch läg' im Magen),
Zum Lohn dafür es wagen,
Euch eine Bitte vorzutragen.
Ich bitt' euch uns'rer Ehre wegen:
Leiht euer Lehrschiff euren teutschen Herrn Kollegen,
Erhebt sie zu Katheberkommodoren,
Laßt Drake's Geist in ihre Köpfe fahren,
Daß mit dem Ruhm gelehrter Professoren
Sie auch den Ruhm thatschaffender Männer paaren;

6

Daß sie nicht bloß sublime Speis' uns geben,
Nein, auch — Kartoffeln für das prakt'sche Leben;
Daß nicht in Bücher bloß sie uns're Nasen drücken,
Nein, auch uns lassen frei in's wirkliche Leben blicken;
Daß sie nicht bloß Demuth und Quark uns lehren,
Nein, auch den Geist der Kühnheit in uns nähren.
O schöne Zeit der Thatkraft und des Muths!
Schon fühl' ich deinen Trieb im Wallen meines Bluts,
Es wird das Herz den Geist beschwingen
Und, beiden dienstbereit, wird Arm und Hand
Das Schwert und Ruder schwingen
Und über alles Land
Und alle Meere dringen.
Wie herrlich wird dann „des Teutschen Vaterland" blüh'n
Mit seinen Flotten und — Kolonie'n!

---

## Die Musik.

### (Batavia, im Juni 1830.)

Empfindung selt'ner Lust!. Ich bin allein
Und fühle doch so freundlich mich erheitert;
Die Brust, beklommen von der Sehnsucht Pein,
Sie fühlt sich doch so sorgenlos erweitert;
Ich bin in keinen Edentraum verzückt
Und dennoch löst das Wirkliche die Bande,
Ich bin wie von der Liebe Lust beglückt
Und doch so fern von dem geliebten Lande.

Du hehre Muse, die dem Herzen sagt,
Was es dem Ohr nicht wiedersagen kann,
Noch einmal stimme jetzt dem Frohen an,
Was du so oft dem Trauernden geklagt.
Wie du im Sturm des Herzens Ruhe schreckst,
So stillst du es als Frühlingsphilomele,
Wie du der Wehmuth Ernst und Trauer weckst,
Spielst du auch hoffnungsfreundlich um die Seele.
Du steigst hinab in ihrer Tiefe Schacht,
Du trägst sie aufwärts zu des Himmels Pracht,
Du klagst ihr vor und ihre Thränen fließen,
Du lachst sie an und ihre Blumen sprießen,
Du führst sie durch des Lebens Höh'n und Tiefen,
Du öffnest neuer Freuden Traumgefilde
Und weckst die alten auf, die längst entschliefen.
Mit süßem Ton besänftigender Milde
Weckst aus den Gräbern der Vergangenheit
Du der Erinn'rung freundliche Gebilde
Zum Leben schön'rer Wirklichkeit.
Zerriss'ner Freuden fernverstreute Glieder
Vereinen sich zu schön'ren Formen wieder,
Genährt in schön'rem Himmelsstrich;
Ich fühle meine Fesseln sinken,
Ich glaube and're Luft zu trinken
Und and're Sinne leiten mich.
Darf ich dem trunkenen Blicke trauen?
Wohin, durch welche zaub'rische Auen?
Unter der Wipfel geistiges Wehen,
Ueber der Berge luftige Höhen,
In der Burgen phantastische Trauer,
Durch der Wälder heilige Schauer,

6*

Ueber des Rheins heimathliche Schöne
Führt mich der mächtige Schwung der Töne.
Er führt mich hoch auf der Berge Zinnen,
Er führt mich tief, wo die Quellen rinnen,
Er reißt mich über die Felsen, die nackten,
Umtos't von brausenden Katarakten.
Sieh' dort der Klüfte gewaltige Vasen,
Gefüllt von des Sturzbachs schäumendem Rasen,
Die Zacken verwitterter Brückenbogen,
In drohenden Schweifungen drüber gezogen,
Die Trümmer der wüsten Felsenpaläste,
Zerstörender Formungen ragende Reste,
Und durch die majestätischen Hallen
Das langhindröhnende Wiederschallen —
Horch! dort aus des Thales grünem Gedränge
Die Stimme belebender Hirtengesänge,
Und fern herüber die lieblichen Töne
Der klangvollen, jubelnden Epilene:
O senke den Flug und hemme das Eilen,
Hier laß uns im Glücke der Thäler verweilen!
Umsonst! Dich hält kein Verlangen ein
Und dein Glück ist flüchtig wie deine Pein.
Schon seh' ich wieder vor dunkelen Tagen
Die schwarzen Wolken vorüberjagen,
Schon hör' ich des Donners Nahen verkünden,
Schon seh' ich des Blitzes Zucken und Zünden,
Und hinter der Elemente Sieg
Zieht drohend heran der Menschen Krieg.
Was reißest, stürmische Sängerinn,
Was reißest du jetzt den friedlichen Sinn
Unter des Schlachtfelds keuchende Rosse?

Umbrauf't von dem Tod der Donnergeschosse,
Siehe, da liegt er der sterbende Freund,
Von dem Freunde zertreten, der ihn beweint.
Wohin, Grausame, in die brennende Wüste?
Verschmachtet liegt der Wanderer da —
Noch einmal nach der geliebten Heimath
Streckt er die kraftlose Hand,
Und des Löwen nahend Gebrüll
Uebertönt seinen Todesseufzer.
Eilt nur zum Unglück dein fliehender Fuß?
Siehest du dort den Todten nicht,
Den der Brandung brausende Wuth
An die nackte Klippe warf?
Wie ist sein Name? Wo ist der Himmel,
Der seinen Lieben scheint?
Ich sah seinen Kiel durch die Wogen brausen,
Ich hörte den Sturm durch die Stengen sausen,
Ich sah das Fahrzeug schwanken und dräuen,
Ich hörte das letzte Rufen und Schreien,
Ich hörte das krachende Wrack zerschellen
Und höre nichts mehr, als — Möwen und Wellen.


O laß, schmerzbringende Schöne,
O laß sie verklingen
Die ergreifenden Töne,
Das schaurige Singen,
Und senke des Liedes rauschenden Schwung
Zum süßen Tone der Abenddämmerung
Und singe des Minstrels wehmüthige Sage,
Denn die Stimme des Herzens bleibt doch die Klage.

Doch was soll das Klagen?
Darf schmerzlich Behagen,
Darf Wehmuth und Zagen
　　Dem Manne sich nah'n?
In glorreichem Lichte
Wallt aus der Geschichte
Die Reihe, die dichte,
　　Der Männer heran.


Durch Thaten verschönet,
Von Hymnen umtönet,
Mit Lorbeer gekrönet
　　Rufst du sie hervor,
Die Helden, verschönend,
Die Weisen, versöhnend,
Die Sänger, bekrönend
　　Den mächtigen Chor.


Wer sie von Welt zu Welt könnt' begleiten
Auf dem Flug durch die sternvollen Weiten!
Rauschend fahren sie über die Zeit
Hoch in dem Schiff der Unsterblichkeit,
Blähend seh'n wir die Segel prangen
Und ihres Ruhmes Wimpel hangen
Zu uns Lebenden tief herab.
Mit bewundernd-verlangendem Blicke
Schauen wir nach dem erhabenen Glücke
Ueber dem Leben, über dem Grab.
Ach! immer selt'ner führet die Bahn
In den Garten der Sterne hinan,

Wachsend füllt sich der Kämpfer Kreis
Und immer höher hanget der Preis.
Doch drum mit verdoppeltem Streben
Kämpfe hinan zum unsterblichen Leben,
Reiße dich los von dem niederen Taube,
Wirf sie hinweg die beengenden Bande,
Mit dem Stolz, der die Größe schafft,
Wappne dich mit der Tugend Kraft
Und mit überwält'gendem Risse
Sprenge die Felsen der Hindernisse —

Sängerinn, schweig', es ist zu viel,
Schweig', ich zertrümm're dein Saitenspiel!

## Diesseit des Kaps.

### (1830.)

Da steh' ich, an den Mast gelehnt, auf stolzem Schiff, von
                                        Schätzen schwer,
Und schaue ruh'gen Blicks hinaus auf das durchkämpfte wilde
                                        Meer.
Jetzt schreckt nicht mehr des Südpols Flut, die schäumend
                                        ihre Wellen thürmt
Und brausend in nutzlosem Kampf des Kaps gezackte Wehr
                                        bestürmt.

Jetzt blick' ich guter Hoffnung voll zurück auf jenen
tück'schen Strand,
Den besser man das falsche Kap, das Kap der bösen Furcht
genannt.
Wohl Der mag hoffen, der zurück auf die umschiffte Spitze
schaut,
Doch wehe Dem, der allzufrüh auf ihren falschen Namen
baut.


Dieß Dreieck ist der Scheidepunkt: dort Orient, hier Occi-
dent;
Das große Meer ist, was sie eint, das kleine Kap ist, was
sie trennt.
Meer, wenn du einen willst, so nimm hinweg auch, was dir
wehrt den Bund,
Und schlinge dieß feindseel'ge Kap hinab in deinen Riesen-
schlund!


## Todesahnung.

Ich fühl' es, diese ungefüge Kraft
Wird früh schon brechen und nicht alt versiegen;
Nicht modernd steh'n wird dieses Baumes Schaft,
Er wird in jähem Bruch dem Sturm erliegen.

So ahn' ich's und so nehm' ich's als gewiß.
Wohl, mag es sein! Wenn aus den Reih'n des Lebens
Des Tod's Geschoß mich reißt mit jähem Riß,
Nicht werd' ich's wehren, da der Kampf vergebens.

Ich bin bereit. Ich halte stets mein Buch
Geordnet, daß der Rechnung Schluß nicht fehle.
Was sie mir weis't, ist Stolz und Trost genug:
Stets Kampf und Sturm, doch ungebeugt die Seele.

Wohl schließ' ich manchen Schmerz im Herzen ein,
Wohl hätt' ich Manches noch der Welt zu sagen,
Doch sollt' ich weicher als mein Schicksal sein?
Soll ich sie stören durch Vorwurf und Klagen?

Kein Wort! Treibt euer Wesen, wie ihr's treibt.
Was ich euch heute bin, sei ich euch morgen.
Mich ficht's nicht an, ob ihr mich haßt, ob liebt,
Für das Begraben werdet ihr schon sorgen.

---

## Die Windfahne.

Auf des Bergs verwittertem Thurme
Die eiserne Fahne steht,
Rings zeigend den stillen Thälern,
Wie die Richtung des Windes geht.
Ein Ritter aus alten Zeiten
Hat sie hoch auf die Spitze gesetzt;
Seine Burgen sind längst versunken,
Doch die Fahne blieb unverletzt.

Sie sah mit dem spitzen Gesichte
Manche Wolke schon über sich zieh'n
Und unter sich gleich den Wolken
Manch Leben vorüberflieh'n.
Was das Herz erfreut und betrübet,
Haß, Liebe und Schönheit und Mord
Das Alles rissen die Zeiten
Unter ihr und dem Thurme mit fort.


Doch, so viel sie erlebt und gesehen,
So viel verkündet ihr Mund
Und thut's durch die Schauer des Waldes
Dem betroffenen Wanderer kund.
Wie der wechselnde Wind sie belebet,
Ertönt ihr fliegender Laut,
Daß den Einen es hebt und ergreifet,
Daß den Andern es ängstigt und graut.


Wie ein Nachhall verklungener Mähren,
Erweckt sie phantastische Lust;
Eine Sprache verlor'ner Gefühle
Erschließt sie die Tiefen der Brust;
Ein Schreckruf dem scheuen Gewissen
Trifft den Frevler ihr heis'res Geschrei,
Wie da kreischt durch die Brücher und Sümpfe
Der nächtliche Reiher vorbei.

Es ruft die eiserne Fahne
Mit wunderbarer Musik
Der Erinnerung Zauber und Schmerzen
Die Stimmen der Todten zurück.
Sie lauscht dem Chore der Zeit, die
Vieltönig vorüberflieht,
Und aus ihrem Liederbuche
Singt sie Jedem sein eigenstes Lied.


Auch ich saß jüngst bei dem Thurme
Im Spätroth am Waldessaum
Und träumte, von Neuem beseeligt,
Alter Lieb' unvergeßlichen Traum.
Da ertönte die eiserne Fahne
Wie ein Mund, der auf ewig schied —
Auf einem bekannten Beinhaus
Singt die Fahne dasselbe Lied.


## An die Nacht.

Alles scheint wie abgeschieden
In dem Schlaf der stillen Nacht;
Doch den Kerker flieht der Frieden,
Doch der Liebe Sehnen wacht,
Doch der Sorge bitt'rer Kummer,
Doch das Unglück scheucht den Schlummer:
        Manches Leiden sinnt,
        Manche Thräne rinnt,
Die kein Späher je an's Licht gebracht.

Schwarze Nacht, du deckst die Höhen
Und du deckst die Tiefen zu;
Laß das Unglück nicht vergehen,
Göttinn der Erholung du,
Laß den Kummer Pause machen,
Laß den Schmerz nicht ewig wachen:
  Den der harte Tag
  Nicht mehr freuen mag,
Gönne du, o Nacht, ihm doch die Ruh'!


Deine Augen sind die Sterne,
Deine Leuchte ist der Mond,
Doch sie seh'n nur aus der Ferne
Diesen Ball, von Schmerz bewohnt.
Könnten sie mit Tageshelle
Schau'n in jede Schmerzenszelle,
  Wüthend stürzten sie
  Auf die Lüge, die
Kalt in dieser Welt von Leiden thront.


## Vergebliches Suchen.

Einsam in Wiese, Wald und Feld,
Einsam auf Haide, Berg und Mooren,
So hab' ich oft den „Geist der Welt"
Den unergründeten beschworen,

Der blitzend den Gedanken zeugt,
Der gährend Lieb' und Haß entzündet,
Der durch die Höh'n und Tiefen fleugt
Und wechselnd Freud' und Schmerz verkündet

Des Windes Weh'n, der Vögel Sang,
Einsamer Blumen stilles Blühen,
Der Wasser nimmermüder Gang,
Des Morgens Schein, des Abends Glühen,

Ein Jedes war mir stets genug,
Den Geist sehnsüchtig zu beschwingen
Und auf drangvollem Liebesflug
An jedes Herz der Welt zu bringen.

Doch seines Fluges Reiz entschwand,
Traf er der Menschen laute Schaaren;
Er floh die Menschen, die er fand,
Und suchte die nur, die nicht waren.

Geflohen vor der Menschen Blick
In die Natur voll Phantasien,
Eilt zu den Menschen er zurück,
Um wieder zur Natur zu fliehen.

Wahr, groß und schön, kann oder will
Kein Wesen mir entgegenkommen,
Dem ich erschließen kann, was still,
Ohn' Antwort, die Natur vernommen?

Das gleichen Geist und gleichen Hang
Mischt in ein wechselseitig Leben,
Das freudig gibt, was ich verlang',
Und sehnend nimt, was ich kann geben?


Ich such's umsonst in Wald und Flur,
Ich such's umsonst an Stromesberden,
Bis Mensch geworden die Natur,
Oder der Mensch Natur geworden.


## Der Abend.


Versteckt am wald'gen Uferrand
Sitz' ich im Fischerkahn, dem schwanken;
Die Angel leg' ich aus der Hand
Und fisch' im See jetzt der Gedanken.


Am Abend beißen sie nicht an,
Die Bärsche und die Hechte träumen,
Auch will das luft'ge Wild nicht nah'n,
Noch ist es ruhig in den Bäumen.


Wie läßt am See, vom Wald umhegt,
So süß und träumerisch sich sinnen!
Die Seele mögt', in Lust bewegt,
In's Leben der Natur verrinnen;

Sie mögte diese Einsamkeit
Durchschwärmen bis die Sterne blassen,
Sie mögt' aus dieser Trunkenheit
Sich nimmer wieder stören lassen.

Was ist es, was sie fesselt hier?
Was ist dieß heimliche Empfinden?
Was ist es, was die Bäume ihr
Und was die Wasser ihr verkünden?

Ihr sprecht nicht, die ich um mich seh',
Und doch versteh' ich, was ihr saget,
Du tiefer Wald, du tiefer See,
Ich fühl' es, was ihr in euch traget.

Das Leben, das euch heimlich füllt,
Es lebt auch in der Seele Tiefen,
Und die Begegnung weckt das Bild
Und weckt die Zauber, die drin schliefen.

Euch fühl' ich tiefer mich vereint,
Als manches Menschen Seichtheit gönnte;
Der wär' ein neidenswerther Freund,
Der euch in Menschen wandeln könnte!

Und wer sich wandeln könnt' in euch?
Ich hab' an euch noch manche Frage
Und viel beherbergt euer Reich,
Wonach ich kaum zu forschen wage.

Tief liegt es, tief . . . doch sieh', wie dort
Die Schwäne sanft nach Hause gleiten,
Sie theilen Nachts den Ruheort
Und Tags mit mir des Sees Weiten.


Die Dorfuhr schlägt die achte Stund',
Es dämmert schläfrig um die Wipfel,
Und blitzend flammt im Hintergrund
Das Spätroth um der Berge Gipfel.


Es regt sich nichts und Alles schweigt,
Nur daß ein Wasserhuhn im Schilfe
Kopfnickt und rudernd näher schleicht
Und, wie's mich sieht, laut schreit um Hilfe;


Nur daß ein Fischlein springt empor
Und plätschernd nach den Mücken greifet,
Und daß ein Rohrspatz in dem Rohr
Ohn' Ende springt und schwatzt und keifet;


Nur daß die Binse plötzlich sich,
Unsichtbar angestoßen, neiget
Und von dem Leben, wunderlich,
Im tiefen Wassergrunde zeuget;


Daß hier die Ratte Kiesel streut,
Im Wurzelknäu'l des Ufers nagend,
Und dort der Kauz zum Gruße schreit,
Sich aus dem Ritz des Thurmes wagend.

Noch schweigt die Nachtigall, sie mag
Vom Rohrspatz keinen Preis verdienen,
Doch kehr' ich heim, so wird sie wach
Und singt mir vor bei den Ruinen.

Dort ragt auf Felsengrund die Burg,
Von Moor umgeben und von Hagen,
Durch Mauerluck' und Thurm hindurch
Sieht jenseits man die Berge ragen.

Dort ist mein Sommeraufenthalt,
Dort mein Gemach in düstern Trümmern:
Wen Tags befriedigt See und Wald,
Wird Nachts das Bette wenig kümmern.

Für Freuden sorgt mir die Natur,
Gewehr und Angel mir für Beute,
Und wart' ich eine Weile nur,
So bin ich auch versorgt für heute.

Sie kommen! In der Fichte schallt
Der Flügelschlag der wilden Tauben,
Die sich im dunklen Tannenwald
Für Schlaf und Leben sicher glauben.

Sie irren! Sacht' erheb' ich mich,
Die Flint' anlegend auf dem Ufer —
Der Mordschuß knallt, daß ringsum sich
Entsetzen hundert Echorufer.

7

Dort fällt's! Wie schwer! Wie zappelt es —
Ein zapfenschweerer Zweig der Tannen!
Die wilden Tauben unterdeß
Sie eilen unverletzt von dannen.


So gut gezielt und doch nichts todt!
Dafür wird Alles rings lebendig,
Am Meisten macht's dem Rohrspatz Noth,
Er schimpft und protestirt unbändig.


Dort rauscht des Wasserhuhnes Flucht,
Hier plumps't ein Otter in die Wellen,
Und drüben schreckt des Försters Zucht
Den Burghof durch ein mörd'risch Bellen.


Untröstlich schreit der Krähen Schaar,
Sich flüchtend in des Waldes Tiefen,
Und kreischend irrt ein Reiherpaar,
Die heimlich in den Erlen schliefen.


Und sonst noch regt sich, ungeahnt,
Manch Leben, von dem Schuß verjaget,
Das, wenn des Abends Stille mahnt,
Sich scheu aus den Verstecken waget.


Jetzt schweigt es wieder rings umher;
Mich mahnt's das Ruder anzufassen,
Doch denk' ich: hätt'st du das Gewehr
Beim Förster nur zurückgelassen!

Der Fischer hilft dem Jäger aus,
Leer wird's nicht sein auf meinem Tische:
Die Schelminn in dem Jägerhaus
Backt mir die „selbstgefang'nen" Fische.

Wir speisen Mittags stets zu Drei'n,
Drauf dient der Förster seinem Stande
Und Abends speisen wir zu Zwei'n —
Schön sind die Nächte auf dem Lande!

## Das Gewitter.

### Der Höchste zuerst.

Des Blitzes gold'ne Schlange
Durchzischt der Wolken Wald.
Sie schüttelt ihre Klapper,
Daß Kluft und Felsen hallt.

Ergrimmet zückt sie nieder,
Sie packt des Berges Kopf
Und streut um seine Schläfe
Zerriss'ner Eichen Zopf.

Der Sperber und der Uhu
Stürzt aus der Felsenwand,
Nach stürzt der Thurm des Schlosses,
Der ein Jahrtausend stand.

7*

## Bescheidene Sicherheit.

Das Böglein brütet
Auf stillem Nest
Und wärmt und hütet
Es treu und fest.

Im Schutz der Blätter
Lauscht es heraus —
Wann brach ein Wetter
Solch sich'res Haus?


## Stimmung.

Die ganze Welt am Rebelliren!
Das ist das Wetter meiner Laune!
Es ist ein Sturm und Musiziren
Wie durch des jüngsten Tags Posaune.

Mich scheucht der Blitz aus den Spelunken
Und in mir wettert's sympathetisch
Und jede Bene sprühet Funken
Und jede Faser wird magnetisch.

Wenn's auch Philister nicht begreifen,
Jetzt gilt's, Bedrängten beizustehen,
D'rum will ich durch das Wetter schweifen,
Mit einem Regenschirm versehen.

## Die Sängerinn im Bade.

### Ich.

Ich habe dich geseh'n
In deiner ganzen Schöne
Und wag' es zu gesteh'n,
Liebreizende Kamöne.


Du zürnst ob meinem Glück,
Das mir die Cypris gönnte?
Als ob ich noch zurück,
Dein Bild verdrängen könnte!


Kehr' dich nicht länger ab
Von deiner Schönheit Zeugen!
Was ich gesehen hab',
Ist ewig doch mein eigen.


Tiresias hat, zu kühn,
Der Pallas Reiz ergründet,
Mir hat's das Glück verlieh'n,
Drum bin ich nicht erblindet.


Das Recht, das mir verlieh'n,
Du kannst es nicht zerstören:
Du mußt mich ewig flieh'n,
Oder mir ganz gehören!

### Sie.

Gesichert wähnt' ich mich in diesem Wald,
Wo rings das Wetter dem Verfolger wehret,
Doch gibt es, seh' ich, keinen Aufenthalt,
Den nicht die männliche Verfolgung störet.

Grausamer Mann, wie soll ich dir entgeh'n?
Wie er sich kalt an meinem Unglück weidet!
Um Eins nur bitt' ich dich: seitwärts zu seh'n,
Ein wenig nur, bis ich mich angekleidet!

### Ich.

Ha! Wenn das Wetter dieses Bild zerschlüge!
Als Blitzableiter muß ich bei dir steh'n,
Dann mögest du gesichert mit mir geh'n —
Bist du gerettet, trag' ich jede Rüge.

Ha, welch ein Schlag! Und wie um diese runden
Weißros'gen Formen flammt des Blitzes Licht!
Noch nicht — ich gebe dir die Kleider nicht —
Ach! wozu sind die Kleider doch erfunden?

### Zuflucht.

Der Herzen Gott hat uns geführt,
Mein Kind, in diese Felsenhöhle:
Der Liebe Traulichkeit gebührt
Ein Ort belauscht von keiner Seele.

Auch Dido und Aeneas floh
So einstens vor dem Elemente,
Doch sie ward nicht des Schutzes froh,
Den ihr des Berges Nymphe gönnte.


Den nöthigeren Schutz beschloß
Der Liebe Gott ihr zu versagen
Und treulos ließ sie der Genoß
Der kurzen Freud' ihr Glück beklagen.


Du siehst mich halb bedenklich an!
Erblickst du eine Troermiene?
Des fremden Mannes Beispiel kann
Dein Zutrau'n ängst'gen, Florentine?


Wär'st du Karthago's Königinn
Und ich der Troerheld gewesen,
Es gäbe and're Dinge in
Der Weltgeschichte Buch zu lesen.


Nie wär' ich falsch in stiller Nacht
Auf flücht'gem Schiff davongeschwommen,
Nie wär' in mir der Römer Macht
An den ital'schen Strom gekommen.


Rings von des Mittelmeeres Strand
Bis zu des Hellespontes Borden
Blieb fremde Herrschaft weggebannt:
Karthago wäre Rom geworden.

Die Treu' gäb' unserm Reich Bestand,
So wie die Liebe es gegründet,
Und Zeit auf Zeit und Land an Land
Hätt' uns'res Glückes Ruhm verkündet.

Horch! wie der Donner fern sich bricht!
Der Blitz erhellt nicht mehr die Grotte:
Du denkest wohl, er brauche nicht
Zu leuchten einem blinden Gotte.

## Verschiedene Auffassung.

Sieh' dort den Wand'rer auf den Felsenstegen:
Ein Tauber ist's, der Führer eines Blinden.
Erschöpft und triefend vom Gewitterregen,
Eilt er, ein schirmend Laubdach nur zu finden.

Der Blinde hört des Donners Musik rollen,
Doch sieht er nicht des Blitzes Dolche wühlen;
Der Taube höret nicht den Donner grollen,
Sieht nur des Blitzes Feuerwerke spielen.

Es zuckt und kracht! Der Blinde liegt getroffen,
Das Haupt geschunden von gewalt'gem Schlage;
Ihn zu empfah'n ist gleich die Felsgruft offen,
Sein Mörder leuchtet gleich zum Sarkophage.

Er fluchet sterbend, denn er kann nur glauben,
Daß ihn der falsche Taube hab' erschlagen,
Um ihm das lump'ge Bettelgut zu rauben,
Das er besorgt in seinem Sack getragen.

## Verfehlte Poesie.

Hoch auf des Bergs umtobter Spitze
Da steht dein Dichter, freudberaubt,
Ingrimmig beut er Trotz dem Blitze
Und streckt ihm dar sein wildes Haupt.


„Durch den ich lebe, will ich sterben,
Den Dichter morde Gottes Hand;
Den er zum Schmerz schuf und Verderben,
Zernicht' ihn seines Geschosses Brand!"


„Herzlose Menschheit! Falsches Leben!
Entrissen euch ersteh' ich jetzt" —
Doch, was dem Blinden Tod gegeben,
Den „Seher" läßt es unverletzt.


Du blöder Seher, bist du Dichter,
Daß du des Blitzes Willen prüfst?
Wärst du des eignen Werks Vernichter,
Wenn Dir bewußt, daß du es schüfst?


Derweil du faselst, Selbstbethörer,
Hab' ich dein edles Wild erjagt,
Die Poesie der Selbstzerstörer
Sie hat mir niemals zugesagt.

## Reitschule.

Ein dampfend Roß mit schäumendem Gebiß
Zerstampft des Thalwegs kiesbestreute Decke,
Am Sattel klebend und des Zaums gewiß
Zähmt es ein kühner, lendenstarker Recke.


Er will den Rappen für den Krieg erzieh'n
Und, um ihn an das Feuer zu gewöhnen,
Wählt er den Kampfplatz, wo die Blitze sprüh'n
Und aus den Wolken die Kanonen dröhnen.


Der Donnerlöwe brüllt! In wildem Tanz
Wirft sich das Roß und schnaubt aus weiter Nüster,
Dann steht's, geblendet von des Blitzes Glanz,
Der jach herabfährt aus der Wolken Düster.


Sein Auge sprüht wie unter'm Huf der Stein,
Die Fahne sauf't, im Winde fliegt die Mähne,
Die Ader schwillt, es zieht die Ohren ein
Und knarrend schägt's die Stange an die Zähne.


Jetzt setzt es an des Wildbachs jähen Rand
Und prallt entsetzt zurück und bäumt und keuchet,
Dann will's im Sturm hinan die Felsenwand,
Vom Wetter hier, vom Sporne dort gescheuchet.


Den Reiter schreckt des Wetters Wüthen nicht,
Die Donnerstimme nicht des Todesmahners —
Der Hieb des Sporns, die Kraft der Schenkel bricht
Den Widerstand des wilden Afrikaners.

Gelungen ist's! Des Marstalls schönste Zier
Gewöhnt, gebändigt von dem starken Ritter!
Wohlan, von nun an soll das edle Thier
Den Feldherrn tragen gegen die Moskowiter.

### Friedensschluß.

Sieh', die Sonn' als General
Läßt die Wolken aufmarschiren,
Durch der Iris bunt Portal
Ihre Reihen defiliren.

Wüthend stritt Mann gegen Mann,
Wild zerrissen sind die Glieder,
Mancher heiße Tropfen rann
Auf die durst'ge Erde nieder.

Ernst und langsam ist der Schritt,
Dunkel flattern ihre Fahnen,
Donnernd geht der Tambour mit,
Um die Schaar an Tritt zu mahnen.

Eine Wolkenwanderung
Kamen sie aus allen Landen,
Nach dem Kampf die Musterung
Einet nun die fremden Banden.

Nur ein lautlos Flämmchen zückt
Spärlich jetzt noch in der Ferne
Und die ganze Truppe rückt
In des Horizonts Kaserne.

Aus dem Busch tönt Vogelsang,
Aufgefrischt ist alles Leben;
Wo der Busen dumpf und bang,
Kann er jetzt sich freud'ger heben.


Selbst dein Dichter, der dem Blitz
Trotzte, läßt im Thal sich nieder,
Sinnend ließ er seinen Sitz
Auf dem Berg und — dichtet wieder.


Auf, mein Kind! nimm deinen Hut
Drüben von dem Felsentische,
Daß nun nach des Tages Glut
Abendkühlung uns erfrische!


## Die Haiderose.

„Es stand auf öder Haiden
„Die bleiche Braut allein,
„Die Sonne wollte scheiden
„Mit ihrem letzten Schein,
    „Sonne, noch einmal blicke zurück,“
    Ist es für sie doch dein letzter Blick!

Sie sieht zur Rechten, Linken
Sich auf der Haide um,
Sieht nach der Sterne Blinken,
Doch Haid' und Stern ist stumm.
   Stumm ist sie selbst, sie hat ausgeklagt,
   Stimme und Thräne verstummt und versagt.


Nichts ist ihr mehr geblieben,
Die aus der Fremde kam,
Der Tod raubt' ihr die Lieben,
Falschheit den Bräutigam;
   Jetzo dem Tod wird sie angetraut,
   Bleichem Geliebten die bleiche Braut.


Ihr Leben glich der Haiden,
Sie einer weißen Ros' —
Gebrochen sinkt vom Leiden
Sie auf der Erde Schooß.
   Aus ist dein Schmerz und aus deine Noth,
   Haiderose im Leben und Tod!


## Die See.

**(Auf der zweiten Reise nach Amerika, Januar 1850.)**

Ein brüllend Heer
Brutaler Wogen,
So kommt das Meer
Herangezogen.

Eintönig Grau,
Eintönig Brausen,
Und durch die Tau'
Eintönig Sausen;

Fischmarktsgeschrei
Der Herrn Matrosen
In's Einerlei
Von Sturm und Tosen —

Das die Musik,
Die Alltagsweise,
Das ist das Glück
Der langen Reise!

Euch werd' es leicht,
Die zeitig hatten
Seekrank erreicht
Die Hängematten!

Dort sind am Spei'n
Gesund' und Kranke,
Die von der Pein,
Die vom Gestanke,

Verpackt bunt
Im Schiff da drinnen
Mit Iren und
Irländerinnen.

Romantik stach
Mir stets die Sohlen,
Doch diese mag
Der Teufel holen.

Nein, wünscht euch nie,
Ihr Länderhasser,
Die Poesie
Der salz'gen Wasser!

Dem Land entspringt
Des Dichtquells Säule,
„Thalatta" bringt
Nur Langeweile.

---

## Das Stetige.

Allem folgt sein Gegentheil,
Immer drängt sich vor das Neue;
Jede Freude ist nur feil
Um den Preis von Leid und Reue.

Jeden Frieden stört ein Krieg,
Eine Nacht folgt jedem Tage,
Jedem Falle folgt ein Sieg,
Jedem Sieg folgt Niederlage.

Auf dem Ambos liegst du heut',
Warst du gestern noch der Hammer,
Jeder Lust folgt Traurigkeit,
Jedem Rausch ein Katzenjammer.


Eins nur bleibet stet und treu,
Wenn auch Alles variiret:
Dieses zähe Einerlei,
Daß die Dummheit triumphiret!


Denn sie ist der Rückengrat
In dem geist'gen Organismus
Und verhindert in der That
Allgemeinen Anarchismus.


## Frühlingsstimmung.


Ich habe viel erlebt und viel erlitten,
Ich habe viel gestrebt und viel gestritten,
Doch frisch und jung ist meine Kraft geblieben;
Noch glüht das Herz vom alten Kampfesmuthe,
Noch springt die alte Lebenslust im Blute,
Noch kann ich hassen und noch kann ich lieben

Noch könnt' ich Späße machen ohne gleiche
Und ganz verteufelte Studentenstreiche,
Könnt' ich nur unter rechten Leuten leben,
Und soll ich Alles aus der Schule schwätzen,
Ich mögte Einer einen Kuß versetzen,
Daß ihr das Herz im Busen sollt' erbeben.


Noch kämpft ein wildelementarisch Hadern
Der Leidenschaft vulkanisch durch die Adern
Und übt des Willens regelndes Bemühen;
Noch tanzt die Phantasie in blum'gem Kleide
Und schmückt des Altagslebens traur'ge Haide
Mit geist'gen Blumen aus, die nicht verblühen.


Mein Geist ist nicht erdrückt von eit'lem Wissen,
Mein Herz ist nicht von eit'lem Schmerz zerrissen
Und keine Macht hat mir gebeugt den Willen;
Die Freiheit war's, die mir den Geist beschwingte,
Die Wahrheit war's, die mir das Herz verjüngte,
Und die Natur hat mich genährt im Stillen.


In feige Künste und in Schmeicheleien,
In Heimlichkeiten und in Heucheleien
Hüllt' ich die Wahrheit nicht als Kontrebande:
Des Denkens Fackel hab' ich ganz entzündet,
Des Willens Ziele hab' ich ganz verkündet
Und off'nes Menschsein hielt ich nie für Schande.

8

Liliputaner mögen mich verschreien
Und Heuchler mich dem Scheiterhaufen weihen,
Sie ahnen nicht die Größe des Gefühles,
Ein ganzer Mensch zu sein in Wort und Handeln,
Scheulos der ganzen Wahrheit Pfad zu wandeln
Und kühnen Schritts den Weg des letzten Zieles.

Wer weltbewußt des Geistes Bahn vertrauet
Und niederwarf, die Menschenfurcht gebauet,
Des freien Seins entwürdigende Schranken,
Nur der ist trüber Schwäche unerreichbar,
Nur der wird den Olympischen vergleichbar,
Die ewig jung-ersteh'n wie die Gedanken.

---

## Die Macht des Niederen.

Als die bei Sebastopol versenkten Schiffe an die Ober=
fläche heraufgeschafft wurden, fanden sich selbst die Masten
von den Würmern ganz zerfressen. — (Zeitungsnachrichten.)

Den Stürmen trotzten diese Mastenstämme
    Und selbst die Kugel hat sie nicht zersplittert,
Doch sind in wenig Monden sie wie Schwämme
    Vom Wurm durchbohrt und brechen wie verwittert.

So mag der Mann in allen Kämpfen siegen
    Und stolz das Haupt durch alle Stürme tragen,
Doch seine Kraft wird nied'rer Macht erliegen:
    Der Sorge Wurm fällt ihn durch bloßes Nagen.

## Einem Wahrheitsfreunde.

Die Meisten sind zu klein, dich zu versteh'n,
Doch hälst du sie zu werth, sie zu benutzen,
Und willst sie größer machen durch die Wahrheit.
Werkzeuge willst du nicht und Freunde findest
Du nicht für dein Bemüh'n.   Undank statt Beifall,
Statt Lohn Verfolgung und statt Hülfe Haß —
Das sind des Wahrheitsfreunds Ermunterungen.
Das Aeuß're lockt und Schmeichelei ist süß,
Gradheit ist lästig und die Wahrheit bitter,
Die ganze Wahrheit aber fürchterlich.
Aufrichtigkeit wird nur beim Lob geschätzt,
Der Heuchelei ist Offenheit Verbrechen
Und der Gemeinheit — Schonungslosigkeit.
Der Absicht Kern gilt nichts verwöhntem Mund,
Den rauhe Rind' und bitt're Schaale schreckt.
Die Schwäche wird in Bosheit sich verwandeln
Und ihr zu Hülfe wird die Dummheit eilen,
Dich zu verdächt'gen und dich zu verketzern.
Und wo der böse Wille und die Dummheit
Aufhören deines Weges Dorn zu sein,
Beginnt die Feigheit, die, erkennend zwar
Das Recht und deines Willens Ziel, sich klug
Versteckt, dem Zorn zugleich der Angegriff'nen
Und der Betheiligung Gefahr zu flieh'n.
Und wo die Feigheit aufhört, kommt der Neid,
Der, deines Thuns Erfolge fürchtend, dich
Begeifernd bald umschleicht, bald heuchlerisch
Nicht scheint zu wissen, daß und was du bist.

8*

Schwach wirst du Alle finden oder schlecht
Und selbst die Stärksten, selbst die Riesen bannt
Elende Furcht vor Schwächlingen und Zwergen.
Stolz, wie du selbst bist, fänd'st du Einen wol,
Mit dir das Schiff starr lenkend nach der Nadel,
Trotz Sturm und Räubern und des Meeres Weite,
Trotz lockenden Küsten und fruchtlosen Mühen?


So stehst du stets allein und, strebend immer
Für And're, suchst umsonst du, die dein Werk
Empfah'n, umsonst die Menschen, die es fördern.
Zwar weißt du, daß der Saame, den du stren'st,
Ob auch zertreten, Keim und Früchte treibt;
Zwar siehst du, daß der Fuß selbst, der ihn trat,
Ihn unbewußt mit fortträgt auf den Acker,
Wo ihn der Feind, der nur den Sä'mann haßte,
Unkundig seiner Herkunft, freudig pflegt;
Zwar bist du stark genug, allein zu steh'n
Und stolz auf And'rer Stütze zu verzichten,
Auch der Verkennung Last mit Ruh' zu tragen;
Doch Das ist eben deines Geistes Qual,
Daß stets nur Tragen deines Strebens Loos,
Daß, statt mit Götterfreiheit frisch zu schaffen,
Du stets verurtheilt bist, nur Das zu tragen,
Was deines Schöpferwillens Hemmniß ist,
Ja, daß du mußt mehr Kraft an's Tragen wenden,
Als And're, die das Glück sucht, an das Schaffen!


Dein Loos ist Stolz der Resignation.
Du siehst die Kläglichkeit der Gegenwart

Und kannst sie doch nicht meiden, um als Flüchtling
In einer künft'gen Welt Asyl zu finden.
Du siehst der Zukunft edlere Gestalt
Vor der Geburt schon in vollkommner Schöne,
Doch nah'n kannst du der Fernen nicht, du kannst
Vorweg nicht nehmen, was noch nicht entstanden,
Und nicht der Zeiten Stufen überspringen.
Gebannt bist du an Das, was du zu flieh'n,
Und bist getrennt von Dem, was du zu suchen
Gedrängt wirst durch des Geist's Vorausberechnung
Stets folgt die Wahrheit nach der Gegenwart
Und wer sie sieht, ist fremd den Lebenden,
Die der Moment mit seiner Täuschung bannt.
So bist du arm durch deinen Seherreichthum
Und schwach durch Das, was deine Stärke ist.
Was And're freut, es ist für dich verloren,
Und was dein Ziel ist, will die Menge nicht,
Sie wird es wollen erst auf deinem Grabe.
So lebst du nur im Reiche des Gedankens,
Du wirst ein Fremdling stets im Leben sein
Und deine Wirklichkeit folgt deinem Tode.


Kann nur, wer sie betrügt, die Menschen lenken?
Kann nur, wer ein Napoleon an Selbstsucht,
Des selbst'schen Willens And'rer Meister werden?
Wer es befrei'n will, darf es nicht verachten,
Und nur, wer es verachtet, wird mit Künsten
Es gängeln, das Alltagsgeschlecht der Menschen.
Wer edel, ist zu stolz zum Histrio.
Auf Kosten der Vernunft wird kein Triumph
Des Geist's errungen, der den Geist befriedigt.

Des Geistes Zweck zerstören durch den Geist,
Heißt der Gemeinheit fröhnen durch das Edle,
Und nur das Edle kann dem Geist genügen
Und Wahrheit nur kann Born des Edlen sein.

Du wirst verzichten auf des Augenblicks
Erfolg, wo nur die Lüg' ihn sichern kann.
Wer strebt die Menschen selbstisch zu benutzen,
Wünscht ihre Fehler, statt sie zu bekämpfen;
Wer auf die rechte Bahn sie führen will,
Wird ihres Ganges Fehler nicht verschweigen.
Du wirst auch fürder kämpfen wie bisher,
Und wenn du Keinem auch gefällst, sich selbst
Stets treu sein, ist der höchste Ruhm des Manns.

So stehst du nun gerüstet und getröstet:
Was kommen mag, dich wirft's nicht von der Bahn.
Nur eine Qual gibt's, die des Trost's entbehrt:
Es ist der Schmerz ob dieser armen Menschheit,
Es ist der Schmerz, daß immer für die großen
Gedanken sich zu klein zeigt dieß Geschlecht.
Wo will'ger Sinn ist, mangelt der Verstand,
Und wo Verstand ist, fehlt der will'ge Sinn.
Verständniß, Adel, Größe, Schönheit, Herz —
Nur dieß, so denkst du, macht den Menschen und
Doch ist's so selten in dem Schwarm der Menschen,
Daß deiner Brust sich stets entringt der Ruf:
Wie wenig Menschen in der großen Menschheit!

Sind, was die einz'len Blumen auf der Wiese,
Die einz'len Menschen in dem großen Haufen?

Der Schnitter mäh't die Blumen mit dem Grase;
Doch nur das Gras ist Futter für das Vieh.
Sei glücklich, daß ein Blumenfreund dich sah
Und dich verpflanzt in sein Herbarium.

---

## Ausweg.

Es ist keine Kunst,
Die Menschen zu lieben,
So lang ihre Gunst
Dir möglich geblieben.

Doch wenn dir nur Haß
Und Dummheit begegnen,
So ist es kein Spaß,
Die auch noch zu segnen.

Das Weiseste ist,
Sie dann zu verlachen,
Nur ein Lump und ein Christ
Wird zu Freunden sie machen

# Eindrücke aus der Fremde.

## Amsterdam.

Künstlich auf Sümpfe gestellt und bedroht vom einst'gen
Versinken,
Bist du ein Bild des Volks, das dich erbaut und belebt.

## In der Sundastraße

Zum Elhsium führt und zum Hades die nämliche Straße:
Jenes vermiss' ich gern, froh daß ich diesem entging.

## St. Helena.

Großer Despot, wie rächt sich die Freiheit! Ein einsamer
Felsen
Ist dir Palast und Reich, Feste, Gefängniß und Grab.

## Brüssel.

Schöne Stadt, die du stinkst von Pfaffen, Philistern und
„Faro,“
Wozu die Polizei, da du mich selber vertreibst?

## Petersinsel. Ufnau.

Hier hat Rousseau geweilt und dort starb Ulrich von Hutten.
Schweiz, dein Asyl ist Dem sicher nur, den du begräbst.

## Genf.

Auf das Vereinigungsfest der Geister, der „großen" und
„schönen,"
Harrt dein klassischer See und sein hellenischer Reiz.


## Die Schweiz.

In dich geflüchtet und durch dich geflüchtet und aus dir geflüchtet,
Wünscht' ich zu leben doch, wünsch' ich zu sterben in dir.


## New-York.

Teutsche Amerikaner und amerikanische Teutsche
Aeffen den Yankee nach, welcher der Aff' ist des —
„Bull".


## Philadelphia.

Schöner, als du, ist der andere „Gottesacker" am Shuyl-
kill:
Mehr hast du für das Grab als für das Leben Geschmack.


## Straßburg.

Jener künstliche Hahn, der so reizend kräht in der Kirche,
War das einzige Ding, das mir französisch erschien.

## Paris.

Ginge die Welt in Trümmer und du bliebst übrig allein
nur,
Fänd' ich vereinigt in dir alle Geschichte der Welt.


## Lyon.

Frankreich, wo ich dich sehe, da muß ich Soldaten be=
gegnen,
Sei's von der irdischen, sei's von der Himmelsarmee.


## Avignon.

Mächt'ge Ruinen und reizende Höh'n, nur zweierlei nennt
ihr:
Pfaffen der bröckelnde Stein, Laura die ew'ge Natur.


## Marseille.

Wenn du mich hast auf dem Wege nach Rom gezwungen zur
Umkehr,
Gabst du den Vorgeschmack doch von Italien mir.


## London.

Krämer und Pfaffen genug für die Welt und Aristokraten!
„Hauptstadt" wärst du „der Welt"? Sei es, doch nimmer
das Haupt!

### London.

Teutsche Philister erfreu'n sich der englischen „Stammesver=
wandtschaft."
Sind auch die Stämme verwandt, sind es die Wipfel
doch nicht.

### London.

Todtenerstehung ich glaube sie nicht, doch würd' ich be=
graben,
London, in dir, mich hielt' ewig die Grube nicht fest.

### Herrmann (am Missouri).

Hier am Ende der Welt die vaterländischen Winzer
Zieh'n indianischen Wein, daß er wie heimischer schmeckt.

### Amerikanische Teutsche.

Feinde des teutschen Geist's und dem fremden doch ewig
befremdet,
Treiben sie Maulthierzucht im „demokratischen" Stall.

### Niagarafälle.

Könnt' ich die Spülkraft leiten von diesem herkulischen
Stromfall
In den Augiasstall dieser verpesteten Welt!

## Ithaka.

In vier Theile der Welt verschlug mich das Loos des
Odysseus,
Aber die Freiheit, mein Ithaka, fand ich noch nicht.

———

# IV.

# In die Politik einschlagend.

Nur wen'ge sind's, mit Vorbedacht,
Die hier sich noch zusammenfanden,
Nicht für die Politik gemacht,
Nur durch die Politik entstanden.

# Loyale Phantasie.

## 1.

## (1840.)

Ich wünschte mir eine große Spinn',
So groß wie der größte Gaul,
Der legt' ich eine Kett' um das Kinn
Und ein Gebiß durch das Maul,
    Dann schwäng' ich mich mit Peitsch' und mit Sporen
    Auf ihren Rücken hinauf
    Und setzte die acht beborsteten Beine
    Spornstreichs in gestreckten Lauf.


So ging's dann queer in die Welt hinaus,
Nach des Augenblicks Lust und Laun',
Ueber Wald und Berg, über Heck' und Haus
In keckem Reitervertrau'n.
    Die berühmte Reise des Don Quixote
    Wär' ein Spiel gegen meinen Ritt,
    Und was wär' gegen mein Rosinantchen
    Sein Klepper von altem Schnitt?

Da käm' ich, wie vom Himmel gefall'n,
Sonntags in die Stadt hinein
Auf dem Gaule mit acht toddrohenden Krall'n,
Mit 'ner Mien', als müßt' es so sein.
　　Flugs stürmte der ganze Schwarm in die Häuser:
　　Die Thüren zu, Fenster auf!
　　Und d'runter weg der seltsame Reiter —
　　Fort wär' er, was denkt wol der Hauf'?


Ein ander Mal käm' ich in einen Ort,
Der Humor und Spaß nicht versteht;
Da ritt' ich den Herrn Philistern zum Tort
In's Gedräng', wenn's zur Kirchmesse geht.
　　Mein Gaul spönne rasch einen langen Faden,
　　D'ran klebten die Dämel fest,
　　Und hinter mir her unter Schreien und Fluchen
　　Verschleppt' ich das halbe Nest.


Hier hing' ein Philister und dort ein Hahn,
Ein Schneider, ein Pfaffe, ein Faß,
Hier hing' eine Katz', eine Nonne dran,
Dort ein Musikus, dort ein Baß.
　　Fort ging's auf des Berges steilen Gipfel,
　　Dort schnitt ich den Faden entzwei
　　Und hinunter tanzte die Kirmesgesellschaft
　　Zu Ein und zu Zwei und zu Drei.

D'rauf klagt man mich an, man stellt mir nach,
Schickt Steckbriefe weit und breit,
Doch auf den polizeilichen Schlag
Bin ich und mein Retter bereit:
    Es spinnt mein Gaul einen riesenhaften
    Altweibersommer und auf dem Gespinnst
    Erheben wir uns vor den Händen der Häscher,
    Von tausend Philistern begrinst.


Schlüg' eine verliebte Donna mich aus,
Oder wollte mir spröde sein,
Gleich hing' ihr ein Spinnennetz um das Haus
Und die spanische Fliege wär' mein.
    Und wär' wo ein Ohm, ein Papa nicht willig
    Und sperrte die Zärtlichkeit ein,
    Da ritte ich ohne Façon und Gene
    Zum Söllerfenster hinein.


So neckt' und beschützt' ich die Weibergunst
In allen Ländern umher
Und plagte durch meine Spinnenkunst
Papa's und Rivalen sehr;
    Doch wie ich die Weiber wollt' lieben und retten,
    So wär' ich den Männern ein Graus,
    Wo irgend Einer sich etwas erlaubte
    Ueber Recht und Gesetz hinaus.

So jagte z. B. als niedere Jagd
Meine Spinne das nied're Geschmeiß:
Was im Finstern hauset und Ränke macht,
Dem macht' ich die Hölle heiß;
    Intrigueanten, Verräther, Spione, Verleumder,
    Kurz all das Reptilengezücht
    Das hängt' ich zur Straf' in die Mittagssonne,
    Daß es stürbe vor lauter Licht.


Noch bitterer wär' mir das Hochwild verhaßt,
Ich fing' auf der Hetzjagd es ein:
Der „große Dieb," den ihr „laufen laßt",
Mir sollt' er „gehangen" sein;
    Wo nur ein Despot, ein Menschentreiber
    Sich aufthät' oder Tyrann,
    Da trieb' ich zu schrecklicher Wiedervergeltung
    Meine borstige Nemesis an.


Einstweilen eilt' ich nach Spanien hin,
Wo der Bluthund Don Karlos liegt,
Den Palmerston und die Königinn
Christine umsonst bekriegt.
    Zuerst verspönn' ich als kriegsgefangen
    Seine Bande zu einem cocon
    Und hängte als Chef den Don Kabrera
    Darüber zur disposition.

Dann ging's an das Haupt der blut'gen Partei:
Wie das Auge der Spinne blitzt!
Sie wittert, daß dieß ihre Mahlzeit sei,
Dieser Säufer, vom Blutrausch erhitzt.
    Ich laß' ihr willig den Zügel schießen
    Zum Sprung auf den grüßenden Greu'l,
    Sie faßt im Nu bei'm Genick ihn und wickelt
    Ihn wollüstig tastend zum Knäu'l.


Drauf setzt sie die scharfen Zangen ihm ein,
Am Hals, wo die Adern sind,
Und gierig saugt sie den kostbaren Wein,
Besorgt, daß kein Tröpfchen verrinnt.
    Erblaßt sich windend ruft er zu Hülfe
    Die Generalissima *),
    Und voller sprudelt der Spinnennektar
    Aus der dicken Arteria.


Ich aber beuge in fühlloser Ruh'
Mich über den Sattelknopf
Und sehe behaglich der Mahlzeit zu
Und streich'le dem Gaule den Kopf.
    Die Spinne sauget und säuft und schwillet,
    Doch säuft sie den Schlauch nicht leer.
    So muß denn der edle Trank verrinnen?
    Wo nehmen wir Fässer her?

---

*) Bekanntlich hatte er die Jungfrau Maria zur Generalissima seiner Armee genannt.

Doch die Spinne verklebt das Spundloch dicht,
Zu sparen den Trank für die Reif',
Und drückt auf das fromme Tyrannengesicht
Ihren dicken, bekreuzten Steiß.

    Und wie sie den Faden daran befestigt,
    Da schnaubt sie muthig und bäumt
    Und ha! den geronnenen Würger am Schlepptau
    Geht's fort, daß der Zügel schäumt.


Nach Kastilien geht im Triumphe der Ritt —
Viktoria, Freiheit und Heil!
Auf fliegen die Thore von Madrid —
Wem wäre mein Glück jetzt feil?

    Flugs spreng' ich heran zur Fensterparade —
    Vor der schönen Christine Palast:
    Schon harrt sie entzückt auf hohem Balkone
    Und winkt dem ersehnten Gast.


Sie glaubt, ich begehr' eine Gnade von ihr?
Es tritt von ihrem Altan
Ihr liebster Kämmerling süß herfür,
Ein Kamarillentyrann.

    „Der soll mich empfangen? Nein, schöne Christine!
    Hinweg, an das Schlepptau ihn!
    Sie aber wollt' ich höflichst ersuchen,
    Sie mögten zum Teufel ziehn."

## 2.

### (1846.)

In Spanien mußten wir lange ruh'n,
Meine Spinne gefiel sich dort,
Doch trieb's uns endlich, da viel noch zu thun,
Nach einem anderen Ort.
    Ich hatte politisches Heimweh bekommen,
    Aus dem Lande der Greu'l nach dem Lande der Schand',
    Ich sehnte mich sehr der Veränderung wegen
    Nach dem teutschen Vaterland.


Zwar hatt' aus besonderer Affektion
Ich zuvor an Rußland gedacht,
Doch glaubte mein Gaul nicht, daß er es schon
Zur gehörigen Uebung gebracht,
    Um Alles zu hängen und Alles zu würgen,
    Und zu saugen alles blutdürstige Blut,
    Das jenseit des Niemen am hündischen Volke
    Exercirt seinen Henkermuth.


Drum wurde der Lauf nach dem Land dirigirt,
Wo Spanisch und Russisch sich mischt,
Versteht sich, ein wenig kultivirt
Und phrasenhaft aufgetischt.
    Dort gibt's Don Karlosse, gibt's Nikolai,
    Gibt's Knut' und Inquisition,
    Nur fehlt der russische Muth zum Erknuten,
    Wie der span'sche zur Rebellion.

Dort hat man noch mit dem Schein seine Noth,
Thut Alles im Stillen ab,
Dort quält man das Volk mit dem „Recht" zu Tod'
Und bringt's mit „Moral" in's Grab.

    Dort greift man dem Löwen nicht in den Rachen,
    Man schneidet zu guter Stund'
    Ihm heimlich durch die Achillessehnen
    Und macht den Löwen zum Hund.


Dort knebelt und schindet man hübsch human
Und religiös dabei,
Dort ziehen die Schinder Handschuhe an
Und fromm ist die Polizei.

    Dort macht man die ehrlichen Leute zu Schurken,
    Und die Schurken sind ehrliche Leut',
    Und wer sich und Andre am Tiefsten erniedrigt,
    Wird am Höchsten gebenedei't.


Dort führt die Feigheit das Henkerschwert,
Das im Stillen, im Dunkeln trifft;
Dort wird die Seele des Volks genährt
Mit schleichend=moralischem Gift;

    Dort schmücken die Heuchelei und die Lüge
    Den Kadaver noch künstlich aus —
    Doch pfui! sogar meine Spinne schüttelt
    Vor Ekel sich und vor Graus.

So langen wir vor dem Vaterland an,
So stehen wir an der Grenz' —
Und sieh', da empfängt uns ein feiner Mann,
Ein Geheimrath der Residenz.
    „Wir bitten Sie, lispelt er, edle Seele,
    Gebt euer Vorhaben auf,
    Wir kennen Ihre edlen Motive,
    Doch hemmen Sie Ihren Lauf."


„Vor Ihnen sei kein Fleckchen verschminkt,
Denn Ihnen ist Alles bekannt,
Wir gestehen, daß es im Lande stinkt,
Daß es stinkt vor Lüge und Schand';
    Doch bedenken Sie — offen nach Ueberzeugung
    Erklär' ich's als Mensch und als Christ —,
    Wie kann man es lassen zu profitiren,
    Wo nichts mehr zu bessern ist?"


„Wir machen uns noch die Gegenwart süß,
Denn die Zukunft ist Sündfluth und Graus.
O nehmen Sie Theil und bedenken Sie Dieß:
Unf're Söhne erst baden es aus.
    So sei'n Sie der Unf're! Gesandtschaftsposten
    Und Genüsse und Dekoration!
    Wenn nicht, so prophezei' ich der Spinne
    Eine furchtbare — Indigestion."

„„Indigestion? Herr Geheimer Rath,
In dem Punkt stimme ich bei,
Doch damit die Verdauung Weile hat,
So nimmt zum Beginn man nur drei:
    An der Spree den romantischen Jesuiten,
    An der Isar den herzdürren Narr'n
    Und an der Donau den lächelnden Schurken —
    Dann mögen die Andern noch harr'n."„


„„Nun, Spinne, friß dieß Gaunergesicht,
Mir diesen Geheimrath auf
— Denn solch' eine Kleinigkeit zählet nicht —
Und dann „frisch, froh" auf den Lauf!
    Vor dem Ausweisen werden wir uns schon schützen,
    Und wenn man dich fragt: wohin?
    So sage den Leuten zum Trost und zur Warnung:
    Nach der frommen Stadt Berlin!" „

Selbſtrettung.

## (1840.)

Laß das Träumen von den Tagen,
Wo du wärſt ein Ritter worden!
Wer will heut' dazu geſchlagen
Werden, kann's nicht ohne Orden;

Orden, zwar mit thier'ſchen Zieren,
Die nur feur'ge Kraft bedeuten,
Doch von dieſen wilden Thieren
Schenkt man nur den zahmen Leuten.

Sie turnieren nicht auf Pferden,
Sind nicht kühn und nicht vermeſſen:
Wer will heut' ein Ritter werden,
Muß das Ritterthum vergeſſen.

Willſt du's nicht? Wohl, auf die Dauer
Kirrt dich die Erfahrung beſſer.
Laß denn deinen Recken=Hauer
Wandeln in ein — Federmeſſer.

Schneide Federn, aber leider
Darf es keine Lanzen geben,
Denn ſie würden ihren Schneider
Selber aus dem Sattel heben.

Was ist übrig noch zu wählen?
Grimmig zuckt's in deinen Zügen.
Willst du fort im Kampf dich quälen,
Oder lernen dich zu fügen?


Kannst du dienen? Dienen, dienen
Mußt du, willst du's fürder treiben:
In den Zeiten der Maschinen
Kann nur frei der Freiherr bleiben.


Deine Plane und Ideen
Tödte unter Wort und Zahlen!
Thatenkern wird zum Vergehen,
Wo genügen Wort und Schalen.


Bitter ist's, den Keim zu Thaten
Nur in Worte wandeln können;
Doch du mußt! Für deine Saaten
Wird man dir kein Feld mehr gönnen.


Ein Gesunder unter Kranken
Mußt du deine Kraft verzehren
In dem tödtenden Gedanken,
Daß du sie nicht kannst bewähren.


„Freundchen, laß das Trösten, Rathen!
Ich bleib' ich. Verzichten immer
Mag ich auf die freien Thaten,
Auf die Freiheit thu' ich's nimmer.

„Reißen mag der Strom die Andern
Ueber Sand und flache Felder,
Aber ich werd' einsam wandern
Durch die Berge und die Wälder.


„Kann ich nicht den Sieg gewinnen
Ueber des Jahrhunderts Bande,
Nun, so werd' ich ihm entrinnen:
Diese Flucht bringt keine Schande."


## Lieben und Hassen.

### (1839.)

Was du liebst, für das mußt du dein Leben lassen,
Was du hassest, mußt du gründlich, tödtlich hassen!
Weg die Spreu, die vor dem Wind der Laune stiebt!
Nur der Halbe weiß nicht, ob er haßt ob liebt.


Lieben, Hassen! Lasset euer Fühlen, Denken,
Euer Handeln sich in Haß und Liebe tränken.
Zwiefach nur ist, was die Welt treibt sonder Rast,
Fragt, die Hand auf's Herz, euch, was ihr liebt und haßt

Freiheit fragt euch: wollt ihr mich verlassen?
Tyrannei euch: wollt ihr mich nicht hassen?
Eins der beiden müßt ihr wählen recht und schlicht,
Einen Mittelweg, beim Teufel, gibt es nicht!

---

## Der gefangene Sänger.

Euch neid' ich, die ihr mein Verließ umschwebt,
Die ihr euch schaukelt auf des Waldes Bäumen;
Ihr Sänger, die ihr frei in Lüften lebt,
Leih't einem Sänger euren Flug in Kerkerräumen!

Entsendet ihr eine Feder nur
Mir aus dem Fittig, wie wollt' ich euch danken!
Daß meiner Schmach ich lasse keine Spur,
Nahm man mir selbst den todten Dolmetsch der Ge-
                                                    danken.

Euch neid' ich in der Haft, wie wenn ihr springt
In Freiheit jubelnd auf belaubtem Zweige:
Euch bannt des Käfigs Gitter, daß ihr singt,
Doch mich begräbt des Kerkers Nacht, auf daß ich
                                                    schweige.

# Regulus.

## (1838.)

Wer mag auf eure Thaten bauen,
Wenn er's nicht kann auf euer Wort!
Dieß Spiel mit Wahrheit und Vertrauen
Scheucht Glaub' und Liebe von euch fort.


Ihr, die ihr um des Groschens Werth
Ein falsches Ehrenwort verschwendet,
Habt ihr vom Regulus gehört,
Wie der gelöf't, was er verpfändet?


Ihr, die ihr ew'ge Treu' verfprach't
Und fie am and'ren Tag gebrochen,
Habt ihr an Regulus gedacht,
Wie der erfüllt, was er verfprochen?


Ihr, die ihr löf't, ftets fchwurbereit,
Den alten Eid mit einem neuen,
Dem Konful helft! Ein röm'fcher Eid
Wird ihn von pun'fcher Pflicht befreien.


Ihr Doppelzüngler, die ihr ftehlt
Lugbrütend Glück und Macht der Staaten,
Daß euch ein Regulus befeelt'!
Er war der Fürft der Diplomaten.

Ihr Alle, die ihr, Groß und Klein,
Aus Schwäch' und Falschheit habt gelogen,
Laßt euch den Römer Vorbild sein,
Ihn, der den Todfeind nicht betrogen.


Er liegt in Fesseln, er ist frei —
Rom jauchzt und die Karthager beben;
Er kehrt zurück in Sklaverei,
Er stirbt, weil er sein Wort gegeben.


Hört den beschwörenden Senat
Und hört der Seinen Klag' und Flehen,
Des Volkes Ruf, der Freunde Rath,
Und fragt euch: kann er widerstehen?


Und soll er jetzt im sich'ren Port
Sich der Verbannung Urtheil fällen?
Und fragt euch: soll er für ein Wort
Als Geisel sich dem Henker stellen?


Ihr hättet's freilich nicht gethan,
Er aber stellte sich dem Henker.
Das war ein Wort, das war ein Mann,
Ihr Freunde, Männer, Staatenlenker!


Kling's Manchem fremd und mährchenhaft,
So wahrt die Mannheit ihre Würde!
So trägt des Mannes Ehr' und Kraft
An's Ziel die übernomm'ne Bürde!

Der Ehre Stolz, des Wortes Treu',
Das sind die Stern' in seiner Krone,
Vor diesen Sternen senkt sich scheu
Das Auge der Napoleone.


Vor dir, o Regulus, zerstiebt
Die Größe eitler Ruhmgestalten,
Die nicht, wie du, ihr Volk geliebt
Und nicht, wie du, ihr Wort gehalten.


Sei uns, o Regulus, Patron!
Gib uns, wenn wir nach Mannheit streben,
Ein Gran doch deiner Kraft zum Lohn,
Daß, kommt die That, wir nicht erbeben!


Daß unser Wort uns nicht gereu',
Daß unser Wille nicht erlahme,
Daß uns're Sprache redlich sei
Und ihre Frucht sei wie der Same.


Wie, wenn der Ueberschwemmung Meer
Verschlingend Stadt und Thal begraben,
Ein Thurm, ein Fels noch zeigt umher,
Wo Stadt und Thal geblühet haben,


So auch, wenn der Verderbniß Meer
Tief unten das Geschlecht gebettet,
Ragt wie ein Markfels hoch und hehr
Der Starke, der die Tugend rettet.

Er zeugt, daß Tugend einst geraget
Und daß sie wiederkehren muß:
Wer an des Wortes Treu' verzaget,
Dem sei ein Markfels — Regulus.

## Die Eiche.

Beneidet von den nachbarlichen Bäumen,
Ein Sturmverspotter, stand ich gestern da.
Heut' hat die Axt die hundertjähr'ge Kraft
Gefällt und hingestreckt den Riesenleib.
O wär' ich doch als Eichel schon verfault
Und hätte meinen Keim ein Wurm zerfressen!
Mein Schmuck verwelkt und meine Zweige dorren,
Und schon erscheint der Held, der mich zerstückt.
Das eine Glied wird auf den Herd geworfen,
Das andere vielleicht zum Scheiterhaufen,
Hier klemmt ein Theil als Block vielleicht den Fuß
Zertret'ner Unschuld und Gerechtigkeit,
Ein and'rer wird des Mordbeils blut'ge Schlachtbank.
Als Todtenlade fault das eine Stück,
Ein anderes durchwühlt als Kiel die Meere.
So werd' ich fort nach Norden und nach Süden
Geschleudert und von dem gewalt'gen Baum
Bleibt nichts als seine todten Wurzeln übrig.

Sei frei, so lang du kannst! Hat einmal erst
Die Art des Herrendienstes dich gefällt,
So wird dein Geist zerstückt wie deine Glieder,
Und ach! dein Herz es findet Keiner wieder.

---

# Die Rettung.

## Eine Fabel.

### (1840.)

Es ging ein Philosoph im Wald spaziren,
Da hört' er seitwärts in den Sträuchen
Ein ängstlich Schrei'n und Lamentiren,
Das Stein' und Bäume konnt' erweichen.
Er nähert sich und sieht, wie just
Ein Fuchs auf blutgefärbtem Rasen
Beschäftigt ist mit Würgerlust,
Zu morden einen armen Hasen.
Voll Mitleid und Erbitterung
Stürzt er hinzu mit einem Sprung
Und rettet unter Freudebeben
Dem Halbgemordeten das Leben.
„Mich hat das Glück," spricht er gerührt,
„Zur rechten Zeit noch hergeführt:
Du arm Geschöpf, noch ein Moment
Und ach! dein Dasein war zu End'!

Jetzt komm' in meine Retterhänd',
Ich werde sorgend dein gedenken
Und dir, bist du geheilt, die Freiheit schenken."
Der Has' versteht's und dankt mit Wedeln
Des Blümchens und mit treuem Blick dem Edeln.
Der nimt ihn auf und trägt nach Haus den Kranken.
Doch wie er ihn so liebend trägt,
Ihn ansieht und befühlt und wägt
Und seine Eigenschaften überlegt,
Da kommt er nach und nach auf andere Gedanken.
„Wenn ich's vernünftig prüfe und bedenke,
Thu' ich dann recht und wohl daran,
Daß ich dem Thier Freiheit und Leben schenke?
Fest steht's, daß er sich selbst nicht schützen kann
Und mit Gewißheit ist's vorauszusehen,
Daß er dem Feinde doch nicht wird entgehen;
Und sollt' er auch dem Fuchs zur Noth
Entgeh'n, schießt ihn der Jäger todt.
Und redm' ich ehrlich, ist es nicht
Mir zu gehören seine Pflicht?
Wär' er nicht ohne mich gestorben?
Hab' ich ihn nicht verdient, erworben?
Nichts ist gewisser, und wer nimt
Mir wol das Recht, mein Eigenthum zu nützen,
Wozu sogar es die Natur bestimmt?
Ja, Hase, es war Pflicht, dich zu beschützen,
Jedoch dein Schicksal werd' erfüllt,
Du bist ein Thier, ein Vieh, ein Wild,
Und du bist fett und gut gerathen,
Ich muß dich lassen braten."

Er spricht's und schlägt ihn in's Genick.
„O!" spricht der Hase sterbend, „welche Tück'!
Es ist wohl bitter, durch den Feind verderben,
Doch bitt'rer, durch den Retter sterben."

---

## Den Freiheitsbettlern.

### (1841.)

Wer da bettelt um Liebe, beweis't, daß er keine verdienet,
    Und um Freiheit und Recht bettelt nur, wer sie nicht
                    kennt.
Wer nicht den Muth zu fodern, der hat nicht das Recht zu
                    erlangen:
    Kampf ist das Mittel des Rechts, Sieg ist der Freiheit
                    Beginn.
Hohn werd' Allen zu Theil, die als Freund behandeln und
                    Gönner
    Jeden Räuber des Rechts hinter dem Nimbus der Macht.
Feind ist, Feind bis zum Tod, wer das Menschthum raubet
                    dem Menschen,
    Unmensch ist er, Barbar: Nieder mit jedem Barbar!

---

# Der Pole.

Schön muß es sein, ein Vaterland zu haben,
An seinem Ruhm sich, seinem Glück zu laben,
Sich seinem Ruhm und seinem Glück zu weih'n
Und seiner Freiheit Schirm und Hort zu sein!


Mein Vaterland lebt nur in der Geschichte
Und seine Freiheit nur in dem Gedichte,
Ein Pole werd' ich nur zum Spott genannt,
Denn nur der Freie hat ein Vaterland.


Rinnt, herbe Zähren, in des Bartes Haare!
Ein todtes Vaterland auf blut'ger Bahre
Liegt Polen da, der weiße Adler schwebt
Um's Grab, das tief der Moskowiter gräbt.


Verwaist durch fremde Steppen muß ich klagen,
Den Heimathsschmerz durch alle Zonen tragen,
Des Siegers Baune und dem Mitleid preis
Durchirr' ich ruhelos der Erde Kreis.


Trost suchend floh ich in die freien Lande
Am Mississippi und Ohiostrande,
Doch Trost nicht bracht' es: Trauer, Grimm und Scham
War mein Gefühl, wenn ich zu Freien kam.

Dann wollt' ich kehren zu der Väter Herde,
Mich fesseln lassen auf der heim'schen Erde,
Freiwillig steigen in des Kerker Gruft,
Zu athmen nur die vaterländ'sche Luft;

Doch ach! selbst diesen Trost durft' ich nicht hoffen,
Für mich ist selbst kein heim'scher Kerker offen,
Für Freiheit selbst ist Polens Luft nicht feil:
Sibirien nur, Sibirien ist mein Heil!

O Polen! Könnt' ich meine müden Glieder
Nur legen einst in dir zur Ruhe nieder!
Dem Todten selbst winkt keine Wiederkehr,
Kein Grab hat Polen zu vergeben mehr.

Grausamer Schmerz, der meinen Muth verklaget,
Niemüder Wurm, der mir am Herzen naget,
Niesatter Geier, der mein Leben schlingt —
Mein Polen hin! Kein Gott der's wiederbringt

Mein Vaterland lebt nur in der Geschichte
Und seine Freiheit nur in dem Gedichte,
Ein Pole werd' ich nur zum Spott genannt,
Ach! nur der Freie hat ein Vaterland!

# Keine Klagen!

Du klagst, daß du kein Mitgefühl gefunden
Für Herzensfreuden wie für Herzenswunden.
O zarter Neuling, zieh' den Panzer an!
Wo suchst du Mitgefühl? Die Welt ist kalt,
Das Herz im Kopf. Wer ihr nicht bieten kann,
Was sie bedarf, dem wendet sie sich bald.
Dem Freunde magst du, was du fühlest, sagen,
Doch lache ob der Welt und laß das Klagen!


Du klagst, daß dich dein bester Freund betrogen,
Daß du dich in dich selbst zurückgezogen
Und daß der Unmuth dir das Herz erstickt?
Wohlan, such' dir ein Weib, dem schließ' es auf!
Das Weib ist treu, ein Weib allein beglückt
Den Mann von Herz. Mit Männern ist nur Kauf
Zu schließen und nur Wett' und Kampf zu wagen:
Drum Wett' und Kampf, doch schäme dich der Klagen!


Du hast dein Weib, den letzten Freund, begraben?
„Ein Herz, wie Männerfreunde keins mehr haben!"
Vom Schicksalsschwert zerhau'n ist deine Welt!
Du weinst? Du mußt? Wohlan, so thu's allein!
Nacht sei's wo eine Männerthräne fällt!
Dem Schicksal selbst räum' keine Schwäche ein,
Brich unter Dem, was du nicht mehr kannst tragen,
Doch, bei dem Stolz der Mannheit, keine Klagen!

Arm ist das Weib. Dem Manne bleiben Bande,
Die nichts zerreißt: weih' dich dem Vaterlande!
Hat's Würd'ges auch zu wahren noch nicht viel,
Hat's doppelt zu erringen, was ihm fehlt.
„Du glaubst? Mein Vaterland ist das Exil!
Ich bin ein Pole! Weißt du, was mich quält?"
Wohl weiß ich's jetzt und dennoch keine Klagen!
Wer nicht für sich, kann sich für And're schlagen.

---

## Den Geduldigen.

Ihr glaubet stets, daß es sich bessern werde!
Die Besserung erwartet ihr vom Feind!
Ihr hoffet von der Bitte und Beschwerde,
Was euch der Haß und die Gewalt verneint.


Ihr guten Leut', ich wünsch' euch etwas Willen
Und zu dem Willen wünsch' ich euch Verstand,
Und laßt ihr euch durch sie mit Haß erfüllen,
Wünsch' ich dazu ein Beil in eure Hand.

---

# Hutten.

## Ufnau, im Frühling 1845,

im ersten „Semester" meines Exils.

„Und sollt' es brechen vor dem End',
Nie werd' ich von der Wahrheit lassen!"
Das war das stolze Testament,
Das uns der Todte hinterlassen.


Zwar nicht die höchste Wahrheit war's,
Die du enthüllet, edler Hutten,
Nur nach dem Hochmuth des Talars
Und nach dem Trotz der Heuchlerkutten


Schlug deines Wortes scharfes Schwert;
Doch, was du sah'st, hast du verkündigt,
Nie hast du heuchelnd dich entehrt
Und an dem Wissen dich versündigt.


Du hast den Vortheil nicht tarirt
Und hast den Nachtheil nicht gewogen:
Wo du die Heuchler aufgespürt,
Da hast du frisch das Schwert gezogen.


Du wolltest nicht ein Halber sein,
Nicht Diplomat, jedoch ein „Wager,"
Drum war auch ein Erasmus dein
Bekämpfer in dem eignen Lager.

Dich beugte nicht der Feinde Macht,
Du bliebst des Geistes treuer Streiter,
Und was als „Schreck", wie „Bann" und „Acht",
Dich hemmen sollte, trieb dich weiter.

Doch nicht ein Wort bloß war der Bann,
Womit den Krieg die Pfaffen führten:
So wardst du denn, ruhloser Mann,
Der Ahn der teutschen Exilirten.

So ist's „gebrochen vor dem End'"
In dieses Eilands öder Stille;
Dein Leben brach, doch „nicht gewendt"
Und nicht gebrochen ward dein Wille.

Es ist dein Grab wie dein Gebein
Verweht, doch blieb die „Wahrheit" Sieger,
Und stets wird diese Insel sein
Ein Wallfahrtsort der Wahrheitskrieger.

Noch mancher wird hier sinnend steh'n,
Sich in der Berge Schau'n versenkend,
Die einst auf dich herabgeseh'n,
Und deines Beispiels ernst gedenkend.

Wenn du erständ'st in dieser Zeit!
Jetzt gibt es and'ren Kampf zu streiten,
Jetzt gilt der ganzen Macht der Streit
Von allen alten Herrlichkeiten.

Jetzt hat der Speer ein höher Ziel,
Der Speer der Wahrheit gegen die Lüge,
Und wenig Freund' und Feinde viel
Steh'n auf dem steilen Weg zum Siege


Und dennoch muß es vorwärts geh'n
Und auf Altären und auf Thronen
Muß eine neue Welt ersteh'n,
Die — uns im Grabe wird belohnen.


Des Geistes Streben ist sein Lohn!
Wollt' er das Ringen sich ersparen,
Er wäre nur dem Glück entfloh'n,
Um sich die Schande zu bewahren.


Der Wahrheit bleib' ich treu, wie du,
Wenn ich, wie du, auch „brechen" werde
Und fänd' ich keine Rast und Ruh',
Auf keiner Ufnau dieser Erde.

# Ein Exilirter an die Nachkommen Tells.

Die Enkel Tells fungiren jetzt
Als Büttel der Tyrannen,
Und wer zu ihnen wird gehetzt,
Sie hetzen ihn wieder von dannen.


Die fremde Freiheit begrüßen mit Haß
Gilt ihnen für Patriotismus,
Doch danken sie's fremdem Geiste nur, daß
Sie entgehen dem Kretinismus.


Landvögte jagten einstens hier,
Landjäger thun es heute
Und Republik heißt das Revier
Und Bundesrath die Meute.


Der Bundesrath ist Vorbild dem
Tyrannenmörderbunde,
Drum wählt man auch in ihn die Creme
Der polizeilichen Hunde.


Der Kern vom Thurgau — welch ein Kern!
Und aus dem Zür'cher Lande
Steigt Furrer auf als erster Stern
Der Sykophantenbande.

„Asylrecht" ist das schöne Recht
Des Freien, gehetzt zu werden,
Doch jeder Schuft und jeder Knecht
Ist sicher vor Beschwerden.


Und sind sie drinnen als Büttel gut,
So dienen sie draußen als Schlächter
Und saufen Italienerblut
Als treu'ste Tyrannenwächter.


Schoß darum Tell den Geßler todt,
Zu zeugen solche Kanaillen?
Dazu habt ihr den Boden roth
Gefärbt in Freiheitsbataillen?


Es verschlägt nichts, gibt auch die Schweiz sich her,
Zu stützen die Welt der Infamien;
Doch taufet euch um und schändet nicht mehr
Den republikanischen Namen!


Die Niedertracht aus freier Wahl
Zählt nicht zu den Sünden der Schwachen.
Es wird die Geschichte noch einmal
Auch euch ihre Rechnung machen.

# An Teutschland.

Nach der amerikanischen Dichterinn

## Sarah Bolton.

O, schöss' ein Blitz aus schwarzer Wolkennacht,
Ein Wort zu künden dir mit Donnerschrei,
Zu schreiben es in sprüh'nder Flammenpracht
In's Weltgebäu, daß es dein Wecker sei,
Das Wort: erwach' und werde endlich frei!
Dann von dem Friedhof deiner Patrioten
Den Rhein entlang bis zu der Mündung Bai
Ergössen sich des Echo's wilde Boten:
Auf, zu den Waffen, nieder die Despoten!


Weißt du kein Wort und keinen Talisman,
Der deiner Söhne bitt're Fehde schließt?
Der feurig Blut, wie es die Freiheit kann,
Durch deines mächt'gen Herzens Pulse gießt?
Zerdrückt, versklavt, zertreten wie du bist,
Willst du verharren unter'm Büttelstock?
Ein Herz, Ein Arm, Ein Schlag — entschließt
Euch, Teutsche, reißt entzwei den Sträflingsrock
Und eure Kinder löf't vom Sklavenpflock!

Wo sind die Söhne jener Männer, die
Stirnrunzelnd schreckten einst des Feindes Lande?
Die einst der Römer Legionen wie
Unkraut zertraten an der Lippe Strande?
Wo ist der Geist, der einst auf blut'gem Sande
Die Fahne hielt die wehende empor,
Als ihr bei Leipzig tilgtet eure Schande?
Ist blind dein Auge, Teutschland, taub dein Ohr,
Daß dich umsonst der Söhne Loos beschwor?


Nein, du wirst aufsteh'n aus des Grabes Nacht!
Wie Bergeswasser stürzt mit dumpfem Laut,
Wie nahend Wetter, eh' der Donner kracht,
Wird Thal und Berg, vom Himmel überbaut,
Der Schlachtruf füllen, eine Windesbraut;
Anwachsend wild mit feierlichem Beben
Wird er ein Ruf, daß den Thrannen graut!
Und neuer Geist durchströmt und neues Leben
Dein Blut, das Königsthronen Kitt gegeben.


Dein Blut der Throne Kitt! So ist's, gesteh'!
Was ist ihr Stoff? Blut, Thränen und Gebeine!
Wo steht ihr Fuß? Auf namenlosem Weh'!
Wer stützt sie? Furcht und Arbeit im Vereine!
Doch sei's! Aus todter Zeiten trübem Scheine,
Aus wüsten Schatten der Vergangenheit
Ringt sich das Licht empor in hehrer Reine,
Die Sonne scheucht die nächt'ge Dunkelheit,
Licht ist das Schlachtfeld und verklärt der Streit.

Hinweg den Feind von Berg und Feld zumal!
Ruf' Hütt' und Dorf zum letzten, blut'gen Kriegen,
Versklavt enthält doch Männer jedes Thal;
Die Waffen glänzen und die Banner fliegen,
Den Wahlspruch tragend: sterben oder siegen!
Ficht, bis der Rhein vom Blut der Herrn und Knechte
Geschwellt die freien Ufer überstiegen
Und stolz du zeigst dem menschlichen Geschlechte,
Daß deine Freiheit siegt' und deine Rechte!

## Rückkehr des Verbannten.

Er lenkt zurück nach zwei Jahrzehnten,
  Die er in der Verbannung litt,
Zum Vaterland, dem vielersehnten,
  Den vielgeübten Flüchtlingsschritt.


Die Berge, die er einst erstiegen,
  Die Flüsse, die durchfurcht sein Kahn,
Sieht er wie damals vor sich liegen,
  Die Menschen — seh'n ihn nicht mehr an.


Nur die Natur, die immer treue,
  Hat noch das alte Angesicht,
Doch das Geschlecht, das junge, neue,
  Für das er litt, es kennt ihn nicht.

Was er besaß, es ist verschwunden,
  Was er erhofft, stellt sich nicht ein,
Von Allen, die er hat gefunden,
  Sind nur noch die Begrab'nen sein.


Der ihr gedient in Lieb' und Hassen,
  Der Freiheit treuer Schmerzenssohn
Muß sich von ihr vergessen lassen —
  Verzichten heißt der Freiheit Lohn!


## Teutsche Einheit mit Vorsicht.

Einheit ist ein tief Bedürfniß
Der germanischen Natur,
Drum entsteht auch ein Zerwürfniß
Wegen wicht'ger Dinge nur.


Und weil sie so einig sind,
Meiden stets sie was sie trennt,
Deshalb kommen sie geschwind
Immer an das rechte End'.


Wenn, zum Beispiel, ihrer zwei
Essen wollen einen Hahn,
Fangen sie die Esserei
An verschied'nen Enden an.

Einer wird den Kopf seziren
Und der Andere den Schwanz,
Daß sie sich nicht renkontriren,
Und die Mitte bleibt hübsch ganz!

## Die Nemesis der Verdorbenen.

### Anno —— ?

Jetzt liegt ihr heulend auf den Knieen,
Jetzt seh't ihr das Verderben nah'n,
Was ihr als leeren Wahn verschrieen,
Zum Schluß erkennt ihr's winselnd an.


Die Weisheit hört jetzt auf zu schwatzen,
Der dumme Dünkel ist verstummt,
Jetzt fällt die Maske von den Fratzen,
Die sich mit Freiheitsputz vermummt.


Die Hand der Nemesis im Nacken
Wollt ihr euch ändern hinterher!
Wen schon die Eumeniden packen,
Den rettet keine Reue mehr.


Ihr habt der Freiheit Heer entboten
Und war't der Knechtschaft nie entrafft:
Erst war't ihr Knechte der Despoten,
Dann war't ihr's eurer Leidenschaft.

11

Die Freiheit liebt nur würd'ge Werber,
Bewährte in der Wahrheit Strauß,
Und als der Schlechtigkeit Verderber
Wählt sie nicht schlechte Kämpen aus.


Wer ihr nicht ganz und treu ergeben,
Den hat sie bitter stets geäfft:
Das ganze Ziel von e u r e m Streben
War ein persönliches Geschäft.


Nur rohe Lust hat euch getrieben,
Nur eitle Sucht und nied're Gier,
Die „Freiheit" auf's Panier geschrieben
Und nur gedacht bis — „Lagerbier."


Als Wirthshausdirne mit dem Humpen
Habt ihr die Freiheit nur begehrt:
Die hehre Göttinn ist den Lumpen
Auch nicht das kleinste Opfer werth.


Was euch am F e i n d zum Haß getrieben,
An e u c h war's rühmlich, recht und klug:
Wie ihm, stand euch in's Herz geschrieben
Nur nied're Selbstsucht, Falschheit, Lug.


Der Freunde Rath habt ihr verachtet,
Verräthern nur das Ohr gelieh'n,
Und wer zu retten euch getrachtet,
Dem lohntet ihr mit Infamie'n.

Die Besten waren euch voll Makel,
Die Gaukler habt ihr anerkannt,
Ein jeder Wicht war ein Orakel,
Verrufen Ehre und Verstand.

Mehr als Tyrannen und Verräther
Hab't ihr der Wahrheit Licht gehaßt,
Wenn sie in's Auge die Vertreter
Von eurem Lügenwerk gefaßt.

Wo retten konnte die Erkenntniß
Der Gauklerei, die euch berückt,
Da habt ihr eurer Schuld Geständniß
In pöbelhaftem Trotz erstickt.

Des Volkes Wohl ließ't ihr von Schreiern,
Sein Recht vertreten vom Verrath,
Die Freiheit sollten Knechte feiern
Und Schwäche leitete die That.

„Brod" schrie dem Volk ein Schwarm von Laffen,
Doch ohne Freiheit wird's ihm nie,
Und Menschen will die Freiheit schaffen,
Nicht bloßes „Futter für das Vieh."

Sie wollten nicht die Freiheit retten,
Sie haben bübisch sie geschmäh't,
Sie wollten nur die Rohheit betten,
Jetzt erndtet denn, was sie gesä't!

Ihr Ausgemusterten des Heeres,
Jetzt stellt euch in die Büßerreih',
Daß es des schimpflichen Verkehres
Mit dieser Brut enthoben sei.


Ihr selbst habt euch zuerst gerichtet,
Was niedrig war, ihr habt's gethan,
Auf Achtung habt ihr frech verzichtet,
Jetzt speit euch die Verachtung an.


Kein Mitleid an der Marterbühne,
Kein Freund mag euch zur Seite steh'n,
Geschändeter Vernunft zur Sühne
Mögt ihr verlassen untergeh'n.


Kalt sitzt die Wahrheit zu Gerichte,
Es weilt der Geist in sich'rer Ruh',
Gönnt eure Zücht'gung der Geschichte
Und kehrt sich bessern Menschen zu.

# Moderner Prometheus.

Kein Felsen ist's, es ist kein Kaukasus,
D'ran deine Kraft gefesselt schmachten muß.
O gält' es noch mit einem Zeus zu kriegen,
Du könntest leichtern Herzens unterliegen!
Doch dich bekriegt kein Gott: verächtlich und gemein,
Rastloser Ringer,
Ist dein Bezwinger,
Es ist der leid'ge Pöbel groß und klein.
Was nützt das Feuer dir, die schaffende Kraft?
In diesem Thon entzündest du kein Leben!
Dem ward der Geist zur eig'nen Qual gegeben,
Der nur verschwendet wo er schafft.
Der Mächt' unleidlichste, der Stumpfheit Macht
Hat keine and're je in Gang gebracht,
Als Furcht, Gewinn und Noth,
Und dir steht bloß die geist'ge zu Gebot.
Nur wer befehlen kann, hat Recht,
Und selbst vernünftig wird der Mensch als Knech'
Die Masse folget nur gemeinem Triebe:
Kannst du sie füttern, hast du ihre Liebe,
Und bist du Herr von ihrem Leben,
Ist dein ihr Geist, ist dein ihr Streben.
Willst du befrei'n sie, sie beglücken,

Sie kehren feindlich dir den Rücken —
Nur Schmeicheln hilft dir oder Unterdrücken.


Das Schwert des Attila in deiner Rechten
Und Pallas' Oelzweig in der Linken,
So könntest du des Geistes Sieg erfechten;
Jetzt siehst du machtlos seine Fahnen sinken.
Geweiht nur von des Grabes myst'schen Mächten
Wird das Gesetz der Geister zum Gebot,
Und Wen'ge überleben ihren Tod.
Im Leben spottet jeder Bube dein
Und der Philister nennt dich niederträchtig,
Denn sie sind groß in Lumperei'n
Und Lumpereien sind im Leben mächtig.
Die Dummheit und die Niedertracht,
Wer die auf seiner Seite sieht,
Der trotzet jeder andren Macht,
Die niedrige Gemeinschaft flieht.
Du sprichst vom Geist — sie trotzen dir mit Geld,
Du foderst Recht — sie droh'n dir mit Gensd'armen,
Du suchest Wahrheit — Lug verlangt die Welt,
Du bist ein Mensch — sie kennen kein Erbarmen.
So wirst du stets ein bloßer Dulder sein
Und kämpfst vergebens, denn du kämpfst allein.


So lange du das geist'ge Feuer hegst,
Wird es zu löschen dich der Pöbel heischen,
So lange du ein Herz im Busen trägst,
Wird dir der Rohheit Geier es zerfleischen.

Trug will die Welt und auf den Trug Gewalt,
Das ist die Weisheit wie die Welt so alt.
Werd' ihr Diszipel und es wird die Lüge
Der Wahrheit leuchten auf dem Weg zum Siege.
Was dann noch weiter nöthig, faßt sich in ein Wort:
Erschleiche die Gewalt, die Welt beherrscht der — Mord!

## Teutscher Revolutionair.

### (1858.)

Das Feuer stirbt, kann es nicht weiter zünden.
Der Geist fällt in sich selbst zusammen
Gleichwie des Feuers Flammen,
Wenn seine Funken keinen Zündstoff finden.


Es ist ein zweck= und folgeloses Streben,
Für teutsche Freiheit dich zu mühen,
Und in dir selbst verglühen
Das wird dein Loos sein — ein verfehltes Leben!


Drum laß dieß faule Stroh sich gährend blähen!
Es wird, wenn nicht entflammt zum Lichte,
Zum Miste der Geschichte —
Und kannst du zünden nicht, so kannst du säen.

# Trinkspruch des Exilirten.

Man mag dich durch alle Länder chassen,
Wie manchen Andern zuvor —
Bewahre den guten Humor!
Man mag dich schmähen, verleumden und hassen —
Bewahre den guten Humor!
Man lächle dir oder man schneide Grimassen —
Bewahre den guten Humor!
Du werdest zum Popanz der dummen Massen —
Bewahre den guten Humor!
Es werfe der Pöbel dich auf den Gassen —
Bewahre den guten Humor!
Mit Abscheu erfüllst du die „höheren Klassen" —
Bewahre den guten Humor!
Und mit Entsetzen die „edleren Rassen" —
Bewahre den guten Humor!
Der Schuh mag drücken dich oder dir passen —
Bewahre den guten Humor!
Magst Hunger du leiden oder prassen —
Bewahre den guten Humor!
Es seien voll oder leer die Kassen —
Bewahre den guten Humor!
Du sitzest im Trocknen oder im Nassen —
Bewahre den guten Humor!
Es mag dich Alles im Stiche lassen —
Bewahre den guten Humor!

Dein Stern mag glänzen oder erblassen —
Bewahre den guten Humor!
Es mag dich das Schicksal am Kragen fassen,
Es mag dich fassen am Ohr —
Bewahre den guten Humor!

# V.

# Kleinere Gedichte

## und

# Epigramme.

Unschön von Form, zum Theil veraltet!
Wer fragt, ob Dörner schön gestaltet?

## Probates Mittel.

Kannst du nichts, so bist du Keinem recht,
Kannst du was, wird Alles dich bekritteln;
Bist du brav, macht dich der Heuchler schlecht,
Bist du frei, wirft dich der Plebs mit Knitteln.


„Was denn, fragst du, soll ich nur noch sein,
Daß die Menschen bill'gen, was ich thue?"
Wo du treffen kannst, da schlage drein,
Der Gefürchtete allein hat Ruhe!


## Glück und Verdienst.

Was du gewollt hast und gedacht,
Entscheidet deinen Werth,
Was du gethan hast und vollbracht,
Für das wirst du geehrt.
Nicht des Verdienstes, nur des Glückes Kind
Ist Thun und Ehre und — das Glück ist blind.

### Seltsames Attribut.

Blind ist das Glück, blind ist die Justiz und blind ist die
Liebe!
Alles, was gut, ist blind! Braucht nur das Schlechte zu
sehn?


### Verfehlte Bestimmung.

Was ihr in Vers' und Worte habt gebracht,
Ich hätt' es gern in Thaten abgemacht,
Doch da die Zeit den Thaten nicht gewogen,
Sah ich um Wort' und Thaten mich betrogen.


### Die Nachahmer Homers.

Ahmet ihr ihm nur nach, im Hauptpunkt bleibt ihr die
Alten:
Was von selber bei ihm waltet, ihr sucht's, die Natur.


### Gräkomanie.

„Weg mit Schiller, weg mit Göthe!"
    Spricht Professor Morgenröthe.
„Kunst kommt nur vom Griechen her,
Von dem Griechen nur Natur."
    Selbst den Gläub'gern rechnet er
    Ad calendas graecas nur.

### Neuer Abelard.

Du weibischer Phantast, sag' an, welch ist das Zeichen,
Das Muth dir gibt, mit Abelard dich zu vergleichen?
Du, der sich so verwegen zu den Männern zählte,
Besitzest nichts von Abelard, als, was ihm fehlte.

### Auf einen Mathematikus.

Er hat die ganze Wissenschaft zerstückt,
Aus Nichts zu machen Etwas,
Am Ende ward der Mann sogar verrückt,
Da ward aus Nichts denn Etwas.

### Teutscher Poeten=Reichthum.

Kein Wunder dieß poet'sche Element
Wo man nur noch „gebund'ne Rede" kennt.

### Substitutum.

Dein Verdienst wir kennen's; auch ist uns bewußt,
Wie du irrig dekoriret worden:
Keinen Adler trägst du auf der Brust,
Hätten wir erst einen Geierorden.

### Geheimer Rath.

Geheimen Titel hat der Mann,
Geheim sieht sich sein Wirken an,
Doch am Geheimsten an ihm in der That
Ist just der Rath.

### Geheime Konduitenlisten.

Warum sie heimlich sei, die Amtszensur?
Aus Schonung nur,
Weil du es selbst ja nicht zu wissen brauchst,
Daß du nichts taug'st.


### Unterthänige Vorgesetzte.

Die Herrn sind ähnlich jener Bürstenart,
Woran sich Bürst' und Spiegel paart.
Nach Unten borstig kratzen sie und bürsten die Gehetzten,
Nach Oben freundlich stralen sie zurück das Bild des hoch-
                            geschätzten
Und tiefverwünschten Vorgesetzten.


### Unter'm Pantoffel.

Als Hauspapa
Darfst du „Chapeau" dich tituliren,
Frau Kratzig aber nennt den ihren:
Mein chapeau bas.


### Mannweib.

Du armes Weib, du armer Mann!
Dich liebt nicht Weib und liebt nicht Mann,
Dieweil du Beides bist und Keines recht.
Zieh' Hosen an, dann könnte dir doch Eins gelingen:
Zuneigung zu erringen
Beim eigenen Geschlecht.

## Mannweib.

Dir glaub' ich es, rauhstimmige Xantippe,
Daß du entstand'st aus eines Mannes Rippe.


## Gebet eines teutschen Poeten.

Phöbus Apoll, im Geben so karg, dich bitt' ich zu nehmen:
Nimm mir die Poesie oder den Magen mir ab.


## Dichter-Hungerleider.

Dich wundert's, Bettler, daß es dir nicht frommt,
Uns Lob- und Klagelieder vorzusingen?
Die Poesie, die aus dem Magen kommt,
Wem soll denn die zum Herzen dringen?


## Einem Alltagspoeten.

Gegen Feuersgefahr eine Assekuranz
Das wäre für dich ein Geschäft, wie ich merke;
Mit Leichtigkeit würdest du Meister des Brands
Durch deine gesammelten Werke.


## Eure Poesie.

Ihr macht die Poesie zur bloßen Kunst,
In Worten mit Geschmack zu übertreiben.
Nur, wo sie wahr ist, schenke man ihr Gunst,
Und wenig wird noch von ihr übrig bleiben.

## Widerspruch bei gewissen Poeten.

Derweil im Vers ihr das Gemeine richtet,
Ist es Gemeinheit, was ihr thut und strebet.
Wenn ihr nicht sucht zu leben, was ihr dichtet,
So sucht auch nur zu dichten, was ihr lebet.


## Wahre Poesie.

Halbling ist und leicht zu wandeln,
Wer nur Verse machen kann,
Aber der Poet im Handeln
Ist der ideale Mann.


## Dichter und Philister.

Wo mit Sonnen und Sternen der Dichter sich leuchtet im
Weltall,
Tappt mit dem Talglichtstumpf plump der Philister umher.


## Sonst und jetzt.

Ehmals spielten zum Brüllen der Heerd' arkadische Hirten,
Jetzt wird von dem Konzert nur noch das Brüllen gehört.
Ehmals spielte der Dichter den Herrn bei Armen und
Reichen,
Jetzt auf die Leier Apolls borgt man die Saiten ihm
nicht.

### Der Gefährliche.

„Wir entmänteln ihn," schreien sie, die ihn schinden,
„Das ist der Wolf, der im Schaffell uns prellt!"
Sie ziehen dem Schlucker das Fell ab und finden
Das natürlichste Schaf von der Welt.


### Offenes Räthsel.

Sie war mir räthselhaft, wie alle Frauen,
Und sehr bemüht' ich mich, sie zu durchschauen,
Zuletzt ward mir des Räthsels Inhalt klar:
Daß zu enträthseln gar nichts an ihr war.


### Scharfsichtige Blindheit.

„Die Lieb ist blind!" Doch sah noch nie
Ein Falkenaug' so scharf wie sie.


### Umgekehrte Niobe.

Stein ward die Mutter, die den Schmerz nicht trug,
Die Kinder nur dem Tode zu gebären;
Doch birgt nicht gleiche Bitterkeit der Fluch,
Mannlos vergebens Kinder zu begehren?


### Trost.

Die Weiber sind nicht streng im Schätzen,
Die Schönheit wird nicht leicht vermißt,
Und wenn du kein Thersites bist,
Den Nireus kannst du bald ersetzen.

12*

### An meinen Freund F. Stier, als er L. durch einen Bach getragen.

Als du sie trugst, verglich ich dir
Beinah den Donnerer da droben,
Nur wurde er, der Gott, zum Stier,
Du wardst, der Stier, zum Gott erhoben.


### Ballade.

Erst liebten sie sich so treu
Und waren seelige Leute,
Doch als die Liebe nicht mehr neu,
Da riß der Treue Band entzwei,
Drauf starb die Braut und der Bräut'gam dabei,
Sie starb vor Liebe und er vor Reu'
Und so starben sie alle beide.


### Bild eines falschen Freundes.

Ein falscher Freund ist wie ein Spiegel anzuseh'n,
Vorn siehst du stets dein eignes Bild drin steh'n,
Siehst du dahinter, find'st du nur
Den giftigen Merkur.


### Gegendienst.

Gott hat, sagen die Leut', aus Nichts erschaffen die Welt
einst;
Später hat ihm die Welt dankbar erwiedert den Dienst.

## Die Größe.

Süß erquickt dich mit kühlendem Trank die Welle des Berg-
quells,
Wenn, von der Wanderung müd', schmachtend du Linde-
rung suchst.
Weiter rinnet der Quell und endlich nimt ihn das Meer
auf,
Wo er dein Boot vielleicht später zerstört und begräbt.
Nicht als ländlicher Bach erprobt sich der Freund, doch als
Welle
Auf dem ruh'losen Meer, wo ihn die Ehre bestürmt.


## Wunderbar.

Gottlosigkeit seh' ich den „Gott" verehren,
Rechtlosigkeit seh' ich das „Recht" beschützen,
Geistlosigkeit seh' ich den „Geist" belehren,
Lieblosigkeit seh' ich vor „Liebe" schwitzen.
Am Eifrigsten sind immer Die am Wachen,
Die allerwärts den Bock zum Gärtner machen.


## Beliebt.

Wie bald steht Der in „Treu'" und „Liebe" fest,
Der Herr ist von dem Glück der Schwachen!
Wenn er die Sklaven nur am Leben läßt,
Das reicht schon, ihn beliebt zu machen.

## Geistesgegenwart.

Er hat viel Geistesgegenwart
Beim Streit und Disputiren, heißt es.
Ich merke nichts von dieser Art,
Nicht einmal Gegenwart des Geistes.

## Der Kölner Dom.

Du hast nicht wenig Aehnlichkeit
Mit Dem, deß Dienst du bist geweiht:
Von euch, wohin er sich auch wende,
Weiß Keiner Ursprung oder Ende.

## Vorsicht im Urtheilen.

'tie urtheile nach Dem, was Andere sagen und meinen,
    Leicht versündigst du sonst an der Gerechtigkeit dich.
Was in der Wirklichkeit rechts ist, nimt im Spiegel sich
                                                    links aus
Und der falscheste ist unter den Spiegeln die Welt.

## Göthe und die Teutschen.

Du hast's dein Leben lang gebüßt,
Daß du nicht dumm warst und gemein.
Kein Sterblicher kann ungestraft
Ein Genius und ein Teutscher sein.

### Licht und Schatten.

Das Höchste, doch auch das Gemeinste
Wirst du im teutschen Wesen finden.
Die höchsten Berge stehen immer
Umgeben von den tiefsten Schlünden.


### „Volksmänner."

Seht, wie sie schlau der Massen=Dummheit schmeicheln,
Wie feig sie schweigen und wie frech sie heuchln!
Die Völker wollen sie befrei'n
Und wagen selbst nicht frei zu sein.


### Abschied des Exilirten.

Scheiden ist ein bitt'res Müssen,
Doch beim Müssen hilft kein Klagen,
Laß dich drum noch einmal küssen
Und dann Lebewohl dir sagen.


### Erinnerung.

Der Schein und Wirklichkeit vereint,
Der Spiegel, drin das Alte jung,
Das Todte lebend dir erscheint,
Er heißt — Erinnerung.


### An die Kommunisten.

Nicht alles Geld von Erz geprägt,
Nur das verdammt, das Köpfe trägt!

### Karl Immermann.

Wie manchem Andern, fehlt ihm Eins:
Er hat Genie, doch ist er keins.


### Lebensfristung.

Die Hoffnung starb mit dir, die Liebe blieb am Leben,
Sie lebt vom Schmerz und von der Sehnsucht nach.
So kann noch nächt'ger Thau der Blume Nahrung geben,
Wenn der Zerstörer ihre Wurzeln brach.


### Humaner Standpunkt.

Sind auch die Thoren dir zur Qual und Laß
Doch mußt du stets verzeih'n:
Das Größte, was du zu verzeihen hast,
Ist, daß sie sind zu klein.


### Bester Egoismus.

Willst du des Lebens Zwecke vereinen
Und doch nicht selber dich verleugnen,
So mache die allgemeinen
Zu deinen eig'nen.


### Er ist „stolz".

Macht nicht zum Schandefleck,
Was nur der Ehrenwerthe kann.
Hochmüthig ist der Geck,
Doch stolz ist nur der wahre Mann.

## Trinklied.

Ein hübsches Weib, ein gut Glas Wein
Das lieben wir doch allgemein,
Wozu uns denn verstellen?
Der Heuchler thut's nur und der Thor,
Ich mögt' ihn hauen hinter's Ohr
Und — noch eine Flasche bestellen.

## Tugend der Schwäche.

Nur Schwächlinge werden Aszetiker,
Um tragen zu lernen durch Lasten.
Wer immer ist seiner selber Herr,
Der braucht nicht zu beten und fasten.

## Schmerz-Koketerie.

Laß, Eitler, ab, mit falschem Schmerz zu spielen,
Das Leben bietet wahren dir genug.
Du hast nicht Herz genug um den zu fühlen
Und willst doch Mitgefühl für deinen Lug?
Der wahre Schmerz ist einsam und bescheiden,
Nur wer verstohlen leidet, kennt das Leiden.

## Uebereinstimmung.

In Einem stimmen ganz
Die „edlen" Menschen mit den „Steinen":
In beiden seht ihr sich vereinen
Die Härte und den Glanz.

### Bei und nach Erschaffung der Welt.

Mir deucht, daß dieß ein kleines Widersprüchlein ist:
Bei „Erschaffung der Welt" kam zuerst das Licht
Und dann erst kam „Ochs, Esel und Alles was sein ist",
Doch nach der Erschaffung ging es so nicht,
Da ging es genau entgegengesetzt:
Erst kam Ochs, Esel und so weiter
Und machte sich breit und breiter
Und thut es leider noch jetzt,
Und das wahre Licht
Es kommt noch immer nicht.

### Der erste Homöopath.

Wer war der erste Homöopath?
Ich mögt' es vom Helden Simson sagen,
Der einst die verdammten Philister hat
Mit Eselskinnbacken todtgeschlagen.

### Weibergeschmack.

Nur schwätzen, Lieber, sei's auch noch so leer!
Durch Schwätzen macht es Keiner uns zu bunt.
Ein großes Maul verzeih'n wir eh'r,
Als einen großen Mund.

### Bedenken.

„Alles, was ist, ist vernünftig." Wir ließen es gern uns
gefallen,
Hieß' es auch umgekehrt: Alles Vernünftige ist.

## Stilles Angedenken.

### Einer Todten.

Ich hätte manch Gedicht auf dich gemacht,
Doch wär's für Andre nicht gewesen?
Was ich für dich empfunden und gedacht,
Ich kann es in mir selber lesen.

### An G. S.

Dir hätt' ich Alles können sagen,
Was weder Mann noch Weib versteht.
Weh, wenn zwei Herzen einig schlagen,
Jedoch das eine schlägt — zu spät!

## Teutscher Kritiker.

Weil sich sein Schreibestoff so schnell verliert,
Will sich der Mann vergiften!
„Wie so sein Stoff"? Der Edle rezensirt
Nur — seiner Freunde Schriften.

## Der Politische.

„Welche Religion ich bekenne? Keine von allen,
Die du mir nennst, und warum keine? Aus Re-
ligion."
Welche Politik ich bekenne? Keine von allen,
Die du mir nennst, und warum keine denn? Aus
Politik.

## Waldgedanke.

Gern streich' ich durch den Wald allein
Und seine Dunkelheiten,
Doch stellt sich stets allmälig ein
Der Wunsch nach einer Zweiten.


Der Wald ist wie zum Liebesfest
Die stets geweihte Laube,
Der Vogel denkt im Wald an's Nest
Und ich an — keine Taube.


## Resignation.

„Willst du nicht Philosphie studiren? Die Lehre vom
                                        Ich und
Nicht-Ich, Sub-, Ob-jekt und von der Identität?
Auch von der Transzendenz, von der Immanenz, der Sub-
                                        stanz und
Vom Absoluten? Kein Heil ohne die Philosophie!"
Sehr verführerisch klingt die philosophische Sprache,
    Aber der Menschenverstand schließt ihr bescheiden das
                                        Ohr.


## Auf die Vorwürfe eines Gläubigen wegen „Nihi= lismus."

Wir haben uns rein auf das „Nichts" gestellt,
Uns macht nur das Nichts Plaisir:
Wir nehmen bescheiden die ganze Welt,
Das Uebrige gönnen wir dir.

### Einem, der sich auf Restaurationen berief.

Der servile Stallknecht bild't sich was
Auf die Macht des Mistes ein,
Weil es leichter ist ein Augias,
Als ein Herkules zu sein.

### Geheimrath Göthe.

#### Grabschrift
gesetzt von A. v. J.

Verstanden hat er Vieles recht,
Doch sollt' er anders wollen;
Warum blieb er ein Fürstenknecht?
Hätt' unser Knecht sein sollen.

(Göthe's Xenien.)

Doch warum nicht ein Drittes, Excellenz?
Vor keinem Thron und keinem Pöbel Reverenz!
Die wahre Größe kann in Ewigkeit
Dem Manne nicht der „Knecht" verleih'n,
Und wer der größte Mann ist seiner Zeit,
Der sollt' auch stets ihr frei'ster sein.

### Trop tard.

Daß du mich liebst, hätt'st du mir sollen sagen,
  Als ich dir offen beichtete.
Hör' ich dich deine Sprödigkeit beklagen,
  So thut mir Das im Herzen weh,
Doch Liebe, die man einmal abgeschlagen,
  Kommt wie moutard' après diner.

### An König Ludwig.

Daß "indignatio versum" mache,
Sagt jener röm'sche Dichter schon;
Du aber drehst herum die Sache:
Dein Vers macht Indignation.


### Teutsche „Größe".

#### 1.

#### Niklas Becker und Friedrich Hecker.

Ein großer Mann ward Niklas Becker,
Ein großer Mann ward Friedrich Hecker,
    Wie's Wenigen das Glück beschied,
Und beide sind an Ruhme reich:
    Der Eine durch ein dummes Lied,
Der And're durch 'nen dummen Streich.


#### 2.

#### Gottfried Kinkel.

Bei Anderen macht das Verdienst den Mann,
In Teutschland macht ihn der Dünkel:
Ein Spinnrad und ein Professor d'ran —
So entspann sich der große Kinkel.


### Verleumder.

Die dich bei falschem Namen nennen,
Sind die, die dich am Besten kennen.

## Tägliche Zumuthung.

Weil mir nicht folgen kann auf meinen Wegen
Dein stumpfer Blick, drum soll ich dir mich beugen?
Es soll der Fels sich dir zu Füßen legen,
Weil du zu klein bist um ihn zu besteigen!

## Tägliche Erfahrung.

Wer nicht mit der Mehrheit stimmt,
    Stimmt darum zu viel,
Wer nicht stets in Thränen schwimmt,
    Hat ein hart Gefühl,
Wer den rechten Ausdruck nimt,
    Hat 'nen schlechten Styl,
Wer sich wie ein Mensch benimt,
    Spielt gefährlich Spiel,
Wer die höchste Höh' erklimmt,
    Wird der Läst'rung Ziel,
Und wer stets die Wahrheit sagt,
Wird von aller Welt verklagt.

## Gesetz der Verleumdung.

Je kleiner man dich mißt,
    Je mehr magst du dich fragen,
Wie viel du größer bist,
    Als Die, die dich verklagen.

### Exiſtenzberechtigung.

Wenn könnte die Welt gerettet
Nur durch eine Lüge werden,
Ich ließe ſie ruhig vergehen
Mit Hölle und Himmel und Erden.


### Ein Schriftſteller von „Verhältniſſen.“

Dich haben beneidet Baron und Abt
Und Leute von Rang und Orden,
Doch hätte dein Vater kein Geld gehabt,
So wärſt du ein „Lump“ geworden.


### Burſchenſchaftlergeiſt.

Dem Kaiſerkandidaten A. A. L. Follen.

Was ſchwarzrothgolden, folgt derſelben Werbung,
Trotz ganzen Ladungen „Freiſinnigkeit“,
Und wenn ihr irgendwo verſchieden ſeid,
So ſteckt ja doch der ganze Unterſcheid
Im Mehr und Minder nur der ſchwarzen Färbung.
Ob Einer Görres, Menzel oder Follen heißt,
Der Polizeigeiſt treibt ihn und der Pfaffengeiſt.


### Follen denunzirt die „Atheiſten“.

Die in der alten Zeit Verfolgte waren,
Sie dienen als Verfolger jetzt der Menge;
Sie prahlen mit dem kühnen Blick des “Aaren”
Und haben nichts vom Adler als die — Fänge.

## Einem Altmodischen,

der die „Unsterblichkeit" vertheidigt.

Du willst ein erst und zweites Leben haben?
Erfüllt ist längst schon dein Begehr:
Du bist schon vor Dezennien begraben
Und spukest doch noch jetzt umher.


## Der Romantiker Follen

will die Poeten auf seiner Seite haben.

Du mögtest gern, zudringlich protektirlich,
Alliirte werben unter den Poeten.
Du rechnest falsch, du bist nicht so verführlich
(Das zeiget ja Freund Herwegh dir figürlich)—
Für unf'rer Neuzeit wahre Musageten.
Wer sie mit freiem Blick hat hangen seh'n
Im Weltenbau des Geistes hehre Ampel,
Der folgt der Zeit auf ihre lichten Höh'n,
Nicht deinem mastodontischen Getrampel
In den verworr'nen Urwald der Romantik,
Wo Finsterniß das Aug' umstarret wanddick.


## Gezwungene Isolirung.

Nimmer war's das Ziel von meinem Trachten,
Mich von ihnen feindlich zu entfernen;
Aber wenn ich sie nicht soll verachten,
Darf ich sie nicht näher kennen lernen.

13

## Freie Weiber.

So wie ihr denkt, so müßt ihr reden,
   So wie ihr fühlt, so müßt ihr handeln,
Philister werden euch befehden,
   Doch Männer euch zur Seite wandeln.


## Zur teutschen „Reichs"-Geschichte.

### (1849.)

Erst machten sie das teutsche Land zum „Reich",
   Doch hat sich kein Regent dazu gefunden,
Dann hatten fünf „Regenten" sie zugleich,
   Jedoch das „Reich" war unterdeß verschwunden.


## Das teutsche „Reich".

Des Vaters Esel suchte Saul
Und fand dafür ein großes Reich,
Das ihn zum Oberherrn gemacht;
Doch in der Kirche von St. Paul
Da suchte man sofort das „Reich"
Und hat nur Esel aufgebracht.


## Letzte Wirksamkeit.

Wen du nicht kannst durch's Wort bekehren,
   Der Freiheit sich zu weih'n,
Dem kannst du durch dein Beispiel lehren,
   Ein freier Mann zu sein.

## Verschiedene Lebensanschauung.

Ihr sagt, ich sei ein „Idealist",
    Dem müsse das Leben die Laune stören.
Was nicht gemein, wie ihr selber, ist,
    Das scheint euch zum Leben nicht zu gehören.


## En Avant!

Die Menschen leiten ist nur schwer,
    Wenn du sie leiten willst zum Bessern,
Doch willig folgt dir stets ein Heer
    Von Schleppenträgern und von Fressern.


## Selbsttäuschung.

Die Schwächlinge begreifen nimmer,
    Daß sie ihr Thun nicht selbst bestimmen:
Sie halten sich für gute Schwimmer,
    Bloß weil sie mit dem Strome schwimmen.


## Prokrustesbette.

Wo man sich dehnt, wo man sich regt,
    Da stößt man an Pygmäenschranken
    Und trittst du ein des Bettes Planken,
    Siehst du dich in den Dreck gelegt.

## Pfaffen.

Nicht Dummheit hindert sie, den richt'gen Stand
    Des Denkens sich anzueig'nen;
Ein jeder Dummkopf hat genug Verstand,
    Um den Verstand zu verleugnen.

## Rath an eine „Ehefrau".

„Mein Mann zerstört mir jedes Glück".
    So scheidet euren Lebenslauf!
„Er hält mich mit Gewalt zurück".
    So setz' getrost ihm Hörner auf,
        Dem Ochsen!

## Die Leidenschaftlosen.

Weil seichte Wasser keine Wellen schlagen,
    Wollt ihr das Meer als ruhelos verklagen;
Des Sturmes Freunde und der Ruhe Hasser
    Sind große Menschen und sind große Wasser.

## Trost.

    Wenn dich die Männer hassen,
      Doch dich die Weiber lieben,
So weißt du immer, daß du
    Dem Schönen treu geblieben.

## Amerikanische Epigramme.

### Bescheidener Wunsch.

Einst hab' ich geträumt von Schätzen und Macht
    Zu großen Werken und Thaten,
Doch haben mir niemals Früchte gebracht
    Die reichlich gestreueten Saaten.

Die Zeit, die uns mit Miseren bannt,
    Sie lehrt uns auch resigniren
Und ich denke jetzt: wärest du nur im Stand',
    Deine „Werke" zu — publiziren!

### Patriotische Passionen eines teutschen „Zitisen".

Vor teutscher Sprach' hab' ich ein Grauen
    Wie vor den Abolitionisten,
Für Sklaverei laß' ich mich hauen,
    „Well" aber nur von — Nativisten.

### „Der Graue".

Die „Grünen" kennen keinen „Test",
    Sind frech und radikal und „wicked",
Doch ich halt' an der Kirche fest
    Und an dem „demokrat'schen Ticket".

### Der „Graue".

Ich bin schon zwanzig Jahr' im Land,
Verlernte Sprache und Verstand,
Drum — soll kein Grüner sich erfrechen,
Mir gegen die Sklaverei zu sprechen.


### An den Bock.

Du bist die schnödeste der Plagen,
Wenn du auch keine Schuld begingst:
Ich weiß nicht, soll ich dich beklagen,
Doch sicher weiß ich, daß du stinkst.


### Teutsche Stimme aus der „Wallstreet".

In Teutschland hatt' ich Nichts zu fressen,
Hier spiel' ich den Aristokraten,
Nachdem mir halt das Büsinessen
Durch bloße Dummheit ist gerathen.


### Teutsch=Amerikaner.

Sich amerikanisiren
Heißt ganz sich verlieren;
Als Teutscher sich treu geblieben
Heißt Ehre und Bildung lieben;
Doch lieber indianisch,
Als teutsch=amerikanisch.

## Universaltroſt.

Nur Bier, dann denk' ich an keine Gefahren!
Nur Bier, dann trotz' ich jedem Geſchick!
Dann mag der Verſtand zum Henker fahren
Und der Teufel holen die Republik!


## An einen „Editor".

Ein wenig Zotiges
Läßt ſich verſchminken;
Doch nur nichts Kothiges,
Es darf nicht ſt i n k e n!


## Gegenmittel.

„Du weißt es längſt, man kann hienieden
    Nichts Schlecht'res als ein Deutſcher ſein„. (Platen.)
Und dennoch, wem dieß Loos beſchieden,
    Der trägt's durch teutſchen Stolz allein.


## Strafe.

Je mehr du hohen Zwecken nachgeſonnen,
Je mehr haſt du es bei dem Plebs verfehlt;
Biſt du zur Noth dem Narrenthum entronnen,
Wirſt du den Schurken ſicher zugezählt.

## Pöbelgesinnung.

Zeig' es ihm, freundlich wedelt sein Schweif,
Gib es ihm, trotzig wird er und steif.
Wenn der Hund einen Knochen hat,
Knurrt er Jeden an, der ihm naht.
So ist auch dieß Menschengethier:
Nach jedem Bissen wedelnde Gier,
Bei jedem Griffe gewandt und tüchtig,
Auf jeden Knochen eifersüchtig.
Pöbelmensch, dich beherrscht der Schlund
Und du kriechst und knurrst wie der Hund.


## Rache.

Hast du beleidigt die Gemeinheit,
So hilft dir keine Engelreinheit,
Du mußt dafür verleumdet werden,
Denn — „alle Schuld rächt sich auf Erden".


## Gefahren des Geisteskampfes.

Dich schrecket keine Mühe, keine
Im Geisteskampf, wenn sie vonnöthen,
Doch das Gemeine, das Gemeine
Kann dich durch bloßen Ekel tödten.


## Aechte Aristokratie.

Aristokrat? Wer wollt's bei euch nicht sein!
Bei euch ist's Jeder, ist er nicht gemein.

## „Volkes Stimme Gottes Stimme".

Wenn es ein Volk von rechten Ochsen ist,
Wird's einer Ochsenstimme sich erfreu'n,
Und wer danach die Gottesstimme mißt,
Wird sicher nicht auf falscher Fährte sein.


## Anhang gewinnen.

Die Lumpen zu ködern ist keine Kunst,
    Will man sich zu ihnen erniedern:
Du stehst bei allen Kanaillen in Gunst,
    Verkehrst du mit ihnen als Brüdern.


## Idee und „Anhänger".

Die Sache der Freiheit machte sich schon,
    Wenn nur ihr abscheulicher Schwanz nicht wär'.
Stets lieb' ich die Revolution,
    Satt hab ich die Herrn „Revolutionaire".


## „Vieh"=Demokratie.

Das „voting cattle" sind die „fremden" Braven,
Das simple cattle sind die Sklaven,
Und mit dem "Vieh", dem man erlaubt zu „voten",
Beherrscht man das, dem man's verboten.

**So leben wir, so leben wir u. s. w.**

Täglich Diebstahl und Bankrott,
Mord und Todtschlag jede Nacht —
So verehrt man seinen „Gott"
Und so wird „das Leben gemacht".

### „Faul vor der Reife".

Zwar hat es „keine Basalte"
Wie „Europa das alte",
Doch hat es Schlimm'res schon erworben:
Es ist noch jung und doch verdorben.
Nichts gibt's, das mehr dem Ekel beut,
Als Rohheit mit Verdorbenheit.

### Das Schwerste.

Leicht ist's, die Menschen zu verjagen,
Auch ist's nicht schwer, sie todtzuschlagen,
Das Schwerste ist — sie zu ertragen.

### Beruf zur Freiheit.

Ihr klaget stets, daß ihr nicht thun könnt was ihr wollt,
Doch könnt ihr es, so wißt ihr gar nicht was ihr sollt.
Was Fessel heißt, das kann nur geist'ger Trieb ermessen,
Doch ihr seid frei genug, habt ihr genug zu essen.

### Die großen Männer.

Um euch das Großthun zu verleiden,
Denkt nur ein wenig an den großen Besen.
Bald wird nur Eins euch unterscheiden:
Ob ihr gewesen oder nichts gewesen.


### Unglaublich.

Jeden Humbug, jede Lüge
Glaubt dir diese vielbelog'ne Welt,
Aber Eins wird Niemand glauben:
Daß du Gutes thu'st und nicht für Geld.


### Journalistische Qual.

Wer noch nichts ist, der soll nichts werden
Und wer was ist, der soll es büßen.
Es gibt kein bitt'rer Loos auf Erden,
Als Andre anerkennen müßen,
Die trotz dem Lob von seines Gleichen
Man nie kann schlagen, nie erreichen.


### „Ladies".

Ihr fraget nicht, ob euch ein Mann
Als Mann befriedigt und gefällt,
Nur, was er aus euch machen kann
Durch Stellung, Rang und Geld.
Humbuger sind eure Paladine,
Ein Mann liebt keine Rechnenmaschine.

## Nebenbei.

Zu erfreuen seine Freunde
Ist die schönste Freud' im Leben,
Doch zu ärgern seine Feinde
Ist der größte Spaß daneben.

## Lumpenprätension.

Die Lumpen kann nichts mehr empören,
Als wenn sie von Verachtung hören.
Sie fodern — seltsames Begehren —,
Als Lumpen soll'st du sie verehren.

## Teutsche Tonangeber in Amerika.

Teutschlands Vertreter wollt ihr sein?
O laßt euch diesen Irrthum nehmen!
Teutschlands Vertreter sind allein
Die Wen'gen, die sich eurer schämen.

## Amerika.

Das Urtheil der Erfahrung spricht:
Hier ist die beste Probeschul' auf Erden,
Wer hier nicht kann zum Vieh und Schwindler werden,
Der wird's in seinem Leben nicht.

## Amerikanische Politik.

Die Freiheit verdeutlicht durch „menschliches Vieh",
  Durch Menschenjäger die Republik,
Durch Kneipenregenten die Demokratie —
  Das ist die herrschende Politik.


## Psychologische Erklärung.

Daß du ihn prellest und belügst,
Mißfällt nicht so wie Wahrheit ihm,
Denn dadurch, daß du ihn betrügst,
Wirst du doch negativ intim.


## Bescheidenes Anliegen.

Ich bitte dich, sei mir nur in's Gesicht
Wie du bist mir hinter dem Rücken.
Ich begehre ja deine Freundschaft nicht,
Bloß Feindschaft ohne Tücken.


## Stumpfheit.

Ein Gaul, ein Esel, wie alt er sei,
Er ist noch zu stimuliren;
Mit diesen Philistern ist Alles vorbei,
Sie lassen sich bloß kujoniren.

### Bier-„Revolutionair".

An mir ist „Hopfen und Malz verloren",
Drum hab' ich das Bier zum Tröster erkoren.


### Loos eines teutschen Revolutionairs in Amerika.

Meine beste Zeit, meine beste Kraft
Hat die schmachvolle Aufgabe weggerafft,
Gezwungenes Nichtsthun zu ertragen
Und das freiwillige anzuklagen.


### Schwieriges Publikum.

Die Einen sind vor Dummheit weise,
Die Andern sind vor Weisheit dumm —
Nur dumme Weisheit kann befried'gen
Solch ausgewähltes Publikum.


### Trost.

Troz Dummheit, Rohheit und Schlechtigkeit
Hier ist das Wort von Ketten befreit
Und so lang hier waltet das freie Wort,
Treibt keine Verzweiflung den Freien fort.
Amerika, du befreitest allein
Den Flüchtling ganz von des Schweigens Pein
Und was ich gefühlt und was ich gedacht,
Hier hab' ich es offen an's Licht gebracht.

# VI.

# Gelegentliches.

Ein Paar romant'sche Erinnerungen
Und einige antiromantische Hiebe!
Wer bis zu ihnen ist durchgedrungen,
Der lies't auch sie, dem Poeten zu Liebe.

# Auf der Reise nach Batavia.

An meinen Universitätsfreund und Reise=
gefährten Ferdinand B.

## (1829.)

Sieh nicht den Kirchhof, trautester Ferdinand,
So traurig an, als ließest du einen Freund
An ihm zurück! Bist du entschlossen,
    Weiter zu gehn, so vergiß den Kirchhof. *)


Ist's denn nicht gleich, wohin du dein Haupt gelegt,
Wenn ewig sich dein Herz und dein Auge schloß?
Was ihm der Tod bringt, kümm're Keinen,
    Sei ihm das Leben die einz'ge Sorge.


Mag dein Gebein des stürmenden Ozeans
Rastlose Salzflut waschend im Sande dreh'n,
Es mag in Asiens grauser Wüste
    Sengende Glut dein Gerippe dörren!

*) Seine Ahnungen gingen in Erfüllung. Er starb auf der Rückreise.

Ob hier dein Leib, ob dort er begraben wird,
Soll Das des Geistes lenkender Kompaß sein?
Was du hier strebest, was du bauest,
    Ist es denn bloß um ein Grab zu bauen?


Die Kraft ist frisch und jung ist das Leben noch,
Der schlaffen Ruh' alltägliches Lager dampft;
Du sollst das Buch des Lebens lesen,
    Nicht sei der Titel des Forschens Ende!


Schwächlingen laß den Stuhl und das Kanapee,
Der Kräft'ge muß sich rühren und muthig sein.
Was Sitzkatheberweisheit ist, das
    Sahest du ja an den Professoren.


Des Lebens Schule ist nur das Leben selbst
Und aller Weisheit Lehrerinn ist Natur;
Sie öffnet ihre große Aula,
    Wenn sich die kleine gelehrte schließet.


Weit in der Welt unendliches Nebelmeer
Drang mancher kühne, spähende Forscherblick
Und Millionen Sonneninseln
    Liegen wie Lettern des Buches vor ihm;

Doch, den ein Glas hin über die Sonnen trägt,
Ihn trug sein Fuß noch kaum aus dem engen Kreis,
Wo er der Mutter Milch gesogen,
    Wo er als Knabe den Kreisel peitschte.


Die Sonnen maß er, maß die Unendlichkeit,
Der Erde Sandkorn kennt er dem Namen nach
Und wählt genügsam sich dieselbe
    Scholl', ihn zu tragen und zu bedecken.


Drum ohne Zagen, trautester Ferdinand,
Und laß den Kirchhof bei der Gelehrsamkeit!
Auch auf der andren Hemisphäre
    Setzt uns der Nachen des Charon über.

# Herbstweh.

(Zu der Melodie: Fodre Niemand mein
Schicksal zu hören &c.)

### 1.

### (Trennung.)

Sieh die welkenden Blätter der Bäume.
Die der Frühling so üppig erneut,
Vom Herbst durch die neblichten Räume
Mit stürmendem Hauche verstreut.
Es fliehen die Freuden der Sonne,
Zum Himmel das irdische Glück,
Und von der entflohenen Wonne
Bleibt nur die Erinn'rung zurück.


Wer verscheucht die düsteren Tage?
Wer bringt die Sehnsucht zur Ruh'?
Erst bringt der Gedanke die Klage,
Dann der Schmerz die Thräne dazu.
Es zerreißet mit grausamer Freude
Die Blumen das finst're Geschick
Und läßt dem grämenden Leibe
Nichts als die Erinn'rung zurück.

Du siehst im dunkelen Kleide
Die Zukunft winterlich nah'n;
Sie kündet mit finsterem Neide
Das Ende der Seeligkeit an.
Verlieren ist härter, als Scheiden,
Doch schwer ist auch Scheiden dein Glück.
Es läßt nur Thränen und Leiden
Der armen Erinn'rung zurück.

Bald naht verstummend und trübe
Die Stunde der Trennung heran
Und stößt von der Insel der Liebe
In die Wellen den schwankenden Kahn.
Die Thräne sie rollt von den Wangen,
Trüb wendet die Sehnsucht den Blick,
Und ach! dem ew'gen Verlangen
Bleibt nur die Erinn'rung zurück.

## 2.

### (Tod.)

Durch des Weltmeers drohende Schaaren
Lenkt Trene den schwankenden Kahn,
Durch Sturm und Nacht und Gefahren
Zum Hafen der Liebe hinan.
Da verschlingt ihn die tückische Welle,
Umsonst starrt der sehnende Blick:
Nichts kehrt von der Ewigkeit Schwelle,
Als der Schmerz der Erinn'rung zurück.

Dem

# Herrn von Ernsthausen,

### Landrath des Kreises Gummersbach,

zum

## 18. Januar 1838. *)

Melodie: Auf, Auf, ihr Brüder und seid stark ꝛc.

Wer frei für Recht und Wahrheit sprach,
　Dem werd' auch Recht zu Theil!
Es klinge ihm zum Ruhme nach
In Homburg wie in Gummersbach —
　Dem Ehrenmanne Heil!


Nimm dieses Ehrenbechers Zier
　Als Anerkenntniß an!
Des Kreises Liebe reicht ihn Dir,
Gedenkend dankend für und für,
　Was Du für ihn gethan.

*) An diesem Tag, dem Tag der Ordensverleihungen, wurde dem Herrn von Ernsthausen als Zeichen der Anerkennung seiner Verdienste, besonders der uneigennützigen und freimüthigen Vertretung seines Kreises, von letzterm ein silberner Ehrenpokal geschenkt. Herr von Ernsthausen war einer der freisinnigsten, humansten und geistreichsten Beamten, die ich kennen gelernt habe, und führte einen unabläßigen schonungslosen Kampf gegen seine Vorgesetzten, die ihn in das bergische Sibirien verbannt hatten um ihn unschädlich zu machen. Auch ist er als Schriftsteller aufgetreten mit einer Sammlung pikanter Aphorismen.

Der Ordensspende Tag ist heut,
   Des Lohns für Schrift und That:
Die Orden, die das Volk verleiht
Aus Liebe und aus Dankbarkeit,
   Sie zieren Fürst und Rath.


Sei dieser Becher dein Emblem
   Nicht bloß bei diesem Schmaus!
Die Form ist zierlich und bequem,
Doch wär' die Form auch nicht genehm,
   Der Inhalt macht es aus.


Nicht falschen, nicht gemischten Wein,
   Nicht, den der Zucker trübt,
Nur reinen schenke stets darein
Und firnen, wie er gilt am Rhein,
   Wie ihn der Kenner liebt.


Noch manchen Zug zu froher Zeit!
   Und wo Dir Bitterkeit
Des Lebens Wechsel=Becher beut,
Sei dieser stets zum Trost bereit
   Für unverdientes Leid.

Wer fest an Recht und Wahrheit hält,
  Der stoße freudig an!
  Der Würdenträger gilt der Welt,
  Dem Niedren gilt der Mann von Geld,
  Uns gilt der Ehrenmann.

## Lina und Luna.

### An die Malerinn Lina H.

Die Sonne sank hinab in's Meer das weite
  Und mit ihr sank auch ihrer Freuden jede,
Da wandelte ich still an deiner Seite
  Und lauschte sinnend deiner holden Rede.


Und seitwärts blickend sah'n wir auf den Höhen
  Den Mond, des nahen Berges Haupt berührend,
Wie eine gold'ne Kugel anzusehen,
  Die Felsenkuppel wunderbar verzierend.


Du freutest dich der malerischen Schöne,
  Des „Felsenmanns, bewehrt mit gold'nem Schilde",
Doch mich verstimmten deines Lobes Töne,
  Denn dich erblick' ich nur in jenem Bilde.

Ganz nahe schien er auf dem Berg zu schweben
  Der stillen Nacht stets wandernder Gefährte,
Und fast versucht' es mich, hinanzustreben
  In seine Näh', wohin ich oft begehrte,

Um nachzuforschen seines Wesens Kerne,
  Zu kennen ihn, der sich der Erb' vermählte,
Und um zu wissen, ob dem and'ren Sterne
  Gegeben wäre, was dem einen fehlte;

Um zu ersehen, ob die Phantasien,
  Die hier uns nichtig vor der Seele schweben,
Da drüben als gestalt'ge Wesen blühen,
  Ob, was hier starb, dort wiederkehrt zum Leben.

Doch, hätte ich zu ihm den Berg erklommen,
  So wär' er mir entschwunden in die Ferne,
Und and'ren Bergen wär' er nah gekommen,
  Und stets getäuscht wär' ich gefolgt dem Sterne.

So seh' auch dich in einsam kalter Weite
  Ich über meines Lebens Landschaft wandern,
Und zog es mich hinan an deine Seite,
  So seh' ich dich entrückt zu einem Andern.

So rückst du das Geheimniß deines Wesens
  Mir fort, wenn ich zu lösen es beginne,
Stets schlägst du zu in Mitte brünst'gen Lesens
  Mir deiner Seele Buch mit kaltem Sinne.


Den räthelhaften Sinn von deinem Meiden
  Würd' ich gelegentlich mir wol erklären,
Wär' ich nur wen'ger schüchtern und bescheiden,
  Doch stets genügsam hält sich mein Begehren:


O daß ich, sank die Sonn' in's Meer das weite
  Und treulos mit ihr ihrer Freuden jede,
Nur wandeln könnte stets an deiner Seite
  Und sinnend lauschen deiner holden Rede!


Ich würde lauschen nur — und sinnend schweigen,
  Entzückt durch deine tollen Rednergaben,
Die jenes Quells rastlosem Strubel gleichen;
  Das letzte Wort — ich würd' es dennoch haben.

# Eisenbahn-, respective Fortschritts-Lied. *)

## (1842.)

Melodie: „Am Rhein, am Rhein" u. f. w.

Es stürmt das kühne Eisenroß von dannen,
  Mit Glut und Kraft erfüllt,
Durch Geist allein, nicht durch Gewalt zu bannen —
  Das ist des Fortschritts Bild!
    Das ist u. f. w.


Der Fortschritt hoch, ihr Fortschrittsaktionaire!
  Der Fortschritt vor wie nach!
Wer vorwärts strebt, nur dem gebührt die Ehre
  Als schönster Zinsertrag.
    Als schönster u. f. w.


Zu langsam nicht, mit Muth sei sie befahren,
  Des Fortschritts lange Bahn!
Des Führers kund'ge Hand legt den Gefahren
  Stets sichern Zügel an.
    Stets sichern u. f. w.


*) Die Direktion der Köln-Belgischen Eisenbahn hatte mich, als ich ihr Se-
kretair war, um ein entsprechendes Gedicht für die Eröffnungs-Feier ersucht.
Ich gab ihr vorliegende Verse, die ihr zwar zusagten, die sie aber nicht zu produ-
ciren wagte wegen des am Schluß vorkommenden Wörtchens „allons", das ich
nicht streichen wollte! Im Jahre 1842!

Und gleich der Spurbahn keinen Weg verschwendet!
  Kein krummer Winkelzug!
Gradaus den Blick, gradaus den Lauf gewendet,
  Gradaus des Geistes Flug!
    Gradaus u. s. w.


Stillstehend nur ist stumm der muth'ge Dämpfer,
  Doch lärmend eilt er fort;
Geleit' auch also stets die Fortschrittskämpfer
  Das laute, freie Wort!
    Das laute u. s. w.


Auf, Teutsche! Vorwärts nur und immer weiter!
  Auf, Belgier, allons!
Und wer nicht kann Dampfwagen sein als Leiter,
  Sei wenigstens Waggon!
    Sei wenigstens u. s. w.


---


# Seelenwanderung.

(Mel.: „Am Rhein, Am Rhein" u. s. w.)

Der Wein, der Wein ist eine ed'le Seele,
  Die Flasch' ihr schlechter Leib:
Sie wand're! Laßt sie wandern durch die Kehle
  In einen bessern Leib!

Schon fühl' ich sie der meinigen vereinet,
    Dem Feurigen das Naß!
Jetzt ahn' ich, wie's Pythagoras gemeinet,
    Vivat Pythagoras!


Was in der Flaschenseele hat geschlafen,
    Das wacht jetzt auf in mir;
Die Geister, die in ihr zusammentraten,
    Sie treffen jetzt sich hier.


Zuerst des Berges Geist, der in die Reben
    Durch Seelenwand'rung stieg;
Ich fühl' ihn munter sich in mir beleben,
    Der in den Schachten schwieg.


Dann naht der Geist des Rheines, der die Welle
    Vorbei dem Weinberg trieb;
Sein Wasser floh, doch war's die Kraft und Helle,
    Die seinem Weine blieb.


Auch kommt der Burgen Trümmerrest entstiegen
    Der alte Rittergeist,
Der Mann und Weib im Sturme zu besiegen
    Mich muthig unterweis't.


Dann endlich drängen bunt mir vor die Sinne
    Die Winzerinnen sich;
Mit ihrem Lied und ihrer Freud' und Minne
    Bewältigen sie mich.

Des Berggeist's märchenvolle Phantasien,
  Des Rheines freie Kraft,
Der Ritter thatenlustig Heldenglühen,
  Der Mädchen Leidenschaft —


Sie alle fühl' ich plötzlich mich befeuern
  Durch Seelenwanderung;
Genügt', um ihre Welt mir zu erneuern,
  Mir nur der Seele Schwung!


Das Phantasiren will ich jetzt verschieben,
  Der Kraft hab' ich zu viel,
Und Ritterthaten — wo sind die geblieben?
  Doch Eins lebt: das Gefühl!


Daß ich dem Einen neues Dasein gebe,
  Mein Schätzchen froh und jung,
Bedenk' dich nicht, du treue Seel', es lebe
  Die Seelenwanderung!

# Einem Kaiserkandidaten.

## (1846.)

„An Karl Heinzen.*)

„Geklopft hat Er die „Preuß'schen Bürokraten"
Mit derbem, doch gesundem Kölner Witz;
In dieser schlechten Luft war Er ein Blitz —
Warum genügt ihm nicht an solchen Thaten?

„Mann von dem Leder, außer sich gerathen,
Was drängt er nach der Feder-Helden Sitz?
Nie bißt sich ja zur Nachtigall der Spitz,
Der „grobe Keil" wird nie doch zum Dukaten.

„Mein braver Heinz, bleib Er bei seinem Kuns!
Verwechsl' Er sich mit Cajus Gracchus nie,
Obgleich der beste Büttel des Tribuns.

„Bleib', bon sabreur, bei'm Bengel der Standarten!
Er ist ja nicht geboren für's Genie
Und Sei,en Kopf verwirr'n die Plän' und Karten."

A. A. L. Follen.

*) Der bekannte Poet, Romantiker und Burschenkaiser A. A. L. Follen hatte in Zürich mit Ruge und mir einen denunziatorischen Sonettenkrieg über Atheismus, Religion u. s. w. angefangen. Wir entgegneten in Epigrammen, die den Kaiser so in Harnisch brachten, daß er eine neue, verstärkte Ladung folgen ließ und mir im vorliegenden Sonett sogar mit „Er" replizirte. Meine weitere Antwort auf seine Replik bildeten die folgenden Sonette, die ihn endlich zur Ruhe brachten.

# An A. A. L. Follenius,

## „Genie" und Kaiser in partibus.

„Heinz, wenn du mich in der Schlacht am
Boden stehst. so komm und stelle dich schritt-
lings über mich, so: — es ist eine Freundes-
pflicht.
Falstaff in „König Heinrich der Vierte".

**1.**

Grausamer Mann, ich hatte frech geglaubt,
Daß ich, wie du, zu den Genie's zu zählen;
Ach! welcher Titel bleibt mir noch zu wählen,
Seit dein Genie den Dünkel mir geraubt?

Ich Tropf! Hätt' ich, in partibus das Haupt
Gekrönt, als fauler Wenzel mich vermälen
Den Göttern lassen und, statt mich zu quälen,
Mich mit dem Lorbeer vor der That umlaubt!

O hätt' ich feist mich auf dem Lotterbette
Wie du gestreckt und schmierte Schimpffonette!
— Nichts können und nichts wollen auf der Erden

Als Tagdieb sein und Geistespolizist
Und Narr dazu — beim Herkules, das ist
Das wahre Mittel, ein „Genie" zu werden!

## 2.

Mein alter Jung', ich kann mir's lebhaft denken,
Wie es dein kaiserliches Herz muß kränken,
Daß, die bestimmt, vor deines Thrones Bänken
Als Unterthanen ihren Blick zu senken,

Dich jetzt zum Hampelmann in Schrift und Schenken
Straflos gemacht mit frevlem Spott und Schwänken.
Wenn auf dein Haupt doch „Gottes Gnaden" sänken!
Du ließest sie natürlich hau'n und henken.

Wenn doch die Kron' aus deines Irrenhauses
Windfahn' *) herabsänk' auf dein Haupt dein krauses,
Wie würdest du sie züchtigen die Drachen!

Jetzt kannst du Genialischer nur machen
Statt „Ordres" aus „geheimem Kabinete"
In das geheime Kabinet Sonette.

———

*) Seine Ansprüche auf die teutsche Kaiserkrone hielt er sogar in Emblemen (Szepter, Krone, Reichsapfel u. s. w.) an der Windfahne seines Hauses zu Bü- rich fest.

15

### 3.

Wär' ich doch Einer von den Genialen!
Wenn ich, zum Beispiel, so ein Shakespeare wäre!
Den Stolz von Zürich und Germaniens Ehre
Wollt' ich mit genialem Pinsel malen.


Der Gottesfreund, der Schreck der Radikalen,
Sir John, der neue Falstaff ist's der Schwere,
Den ich auflüde der beschwingten Mähre,
Um mit der hochpoet'schen Last zu prahlen.


Beneidet von den Dichtern, ließ ich reiten
„Hei" durch das Land zur Schau Falstaff den zweiten,
Falstaff den zweiten mit dem heißen Blute, .


Falstaff den zweiten mit dem Löwenmuthe,
Falstaff, den würd'gen Rhabamanth der Geister,
Falstaff den zweiten — L. Follenius heißt er!

4.

Du sagst, dein „Vater *) pflegte stets zu weinen",
„So man im Shakespeare las die großen Sachen".
Der Gute! Soll ich dir „ein Licht erfachen",
Was er im Stillen dachte mit den Seinen?


Der Aermste mogte wol schon damals meinen,
Daß man noch einstens seiner werde lachen,
Weil er den „großen" Falstaff thäte machen
Und ihn nicht gab zum Dejeuner „den Schweinen".**)


„Die Menschheit ist Ein Mensch!", Du umgedrehter
Genialer Jason, dich durchschaut Karl Peter:
Die Menschheit soll für dich sein responsabel,


Den Bärenhäuter laden gar, den dicken,
Großmüthig auf den allgemeinen Rücken?
Nein, Freund, die Menschheit ist zu respektabel.

---

*) Sein Vater war, wie er berichtet, ebenfalls ein „Atheist", aber von einer andren Sorte, nämlich ein „geborener", also legitimer, „ein Atheist von Gottes Gnaden!"

**) Jollen hatte aufgestellt, daß, wenn die Menschen nicht mehr an Gott und Unsterblichkeit glaubten, sie nur an Wohlleben denken und (er meinte dieß buchstäblich) ihre Kinder den Schweinen vorwerfen würden!

## 5.

### (An den Zürcher Dichter G. Keller, Zögling und Schildknappen Follens.)

Du klagst, daß uns der „Glaube" kam abhanden,
Und bald darauf, daß uns „der Zweifel" fehle!
Weißt du, was dir fehlt? Logik, gute Seele,
Und Rettung aus des Mystizismus Banden!


Du schiltst uns lieblos, weil wir uns entwanden
Dem „Schmerz" der alten Weiber und Kameele.
Doch, Freund, wir haben „Schmerz" und Schmerzquerele,
Wenn — wir am Pegasus ein Langohr fanden.


Glaub' mir, wer vom Prinzip der Geistesfreiheit
Ein Haar nur weicht, der zeugt Unsinn und Blindheit,
Denn Freiheit und Vernunft sind keine Zweiheit;


Und wer dazu im Dienste fremder Kindheit
Sinn oder Unsinn hält für Einerleiheit,
Der geh' nach Haus mit seiner Freigesinntheit!

# VII.

## Kleine Nachlese.

# Einer Todten.

„Ich war zu glücklich, darum muß ich sterben!" —
Dein Glück war also dein Verderben
Und meine Liebe mein Verschulden!
Wie ist sie zu erdulden
Die Qual in solches Glückes Nöthen —
Dich glücklich machen hieß dich tödten!
    Konnt' es ein bitt'rer Loos, als dich verlieren,
                        geben?
    Dich überleben!

———

# Konservatives Herz.

Du hast aus alter Zeit
Nur Träume noch gerettet,
Die schöne Wirklichkeit
Ist längst im Grab gebettet.

Doch nimmermehr vergeht
Das Schöne, das vergangen,
Nach dem verlor'nen steht
Dein ewiges Verlangen.

Es macht dich lang betrübt,
Was du nur kurz besessen;
Was du zuerst geliebt,
Wirst du zuletzt vergessen.

## Keine Klagen!

Plag' And're nicht mit deinem Leid!
Was du erlitten und verwunden,
Hätt' es ein And'rer mitempfunden,
Er wär' gebrochen vor der Zeit.

Drum trage stets dein Leid allein,
Ein Jeder hat sein Theil zu tragen;
Was dir erträglich wird durch Klagen,
Das wird's auch ohne Klagen sein.

# Der Verirrte.

Die nächt'ge Dunkelheit umfängt
Den fremd Verirrten,
Gebüsch und Sumpf und Fels umdrängt
Den Angstverwirrten.

Die alte Weide steht so schief,
Wie zum Erhänken,
Es blinkt der Teich so still und tief,
Wie zum Ertränken.

Und dort der schaurig düst're Wald,
Wie zum Begraben,
Für Räubervolk ein Aufenthalt
Und Wölf' und Raben.

Seltsam Getön erschreckt das Ohr
Von allen Seiten,
Ringsum im Fels und Busch und Rohr
Geschleich und Gleiten.

Es zischt und klingt, es rauscht und schwirrt,
Doch ungesehen,
Nur fern im Schilf des Sumpfmoors irrt
Ein Licht im Wehen.

Du armer Knabe, wie du bangst
Vor armen Kröten!
Dich wird kein Feind, doch wird die Angst
Vor ihm dich tödten.

Da plötzlich pfeift's und brauf't's heran!
Zur Fahrt dich rüfte!
Zehn Schritte von der Eifenbahn
Wähnft du die Wüfte.

---

## Den „Zukunfts"-Thoren.

Ihr plagt euch mit unfterblichem Leben
Und Nachwelt und Nachruhm fehr.
Einft wird es keine Erde mehr geben
Und auch keine Menfchheit mehr,
Und was ihr „Ewiges" ausgedacht,
Es wird verfinken in ewige Nacht.

Verbannet von eurem Markt und Herde
Die leidige Zukunftsqual:
Das kurze Leben auf diefer Erde
Ift euer einziges Kapital
Und wer es nicht nützt zur rechten Zeit,
Der ift betrogen in Ewigkeit.

---

# Die Sterne.

Vergebens steh'n wir hier vereinet,
Es leuchtet Keinem unser Licht,
Wenn eure große Sonne scheinet,
Seht ihr die kleinen Sterne nicht.

Und sah't die Sonn' ihr untergehen,
So hat kein Schläfer unser Acht:
Bei Tage kann uns Niemand sehen
Und Niemand denkt an uns bei Nacht.

Uns ficht's nicht an, daß wir verachtet
Hier stets im Hintergrunde steh'n,
Von Erdensöhnen unbetrachtet
Alltäglich auf- und niedergeh'n.

Kommt uns nur näher, Erdensöhne,
Dann seht ihr uns're Größe ganz
Und eurer Sonne stolze Schöne
Erblaßt vor unserm Weltenglanz.

## Letzter Wunsch.

Im Wald laßt mich begraben sein!
Zwar werd' ich selber es nicht wissen,
Lieg' ich auf einem nackten Stein,
Oder auf einem Blätterkissen,
Doch wo mein liebster Aufenthalt,
Da laßt mich schlafen auch — im Wald.

In stiller, schatt'ger Einsamkeit,
Wo nie ein feindlich Thun mich kränkte,
Wenn ich mich sorg'= und kampfbefreit
In's Träumen der Natur versenkte,
Dort laßt mich ruh'n, dort bringt mich hin,
Weiß ich auch selbst nicht, wo ich bin.

Wenn es im Frühling blüht und singt,
Wenn es im Sommer schwirrt und säuselt,
Wenn es im Herbste reift und springt,
Wenn es im Winter brauf't und eiselt,
Zwar weiß ich's nicht, doch laßt mich nur
Vergeh'n im Leben der Natur.

Ihr sei, was von mir blieb, vertraut,
Sie nützt es für dieß Waldesleben,
Das auf sich aus Verwelktem baut,
Sich sprossend, blühend zu erheben.
Drum nicht in dumpfem Kirchhofsschrein,
Im Wald laßt mich begraben sein.

# Schlachten-Dichter und -Maler.

Sie „singen" wie man den Säbel schwingt
Und hoch das Blut aus dem Rumpfe springt
Und nennen das Heldenthaten.
So „singt" doch auch wie der Metzger sticht
Das Vieh und wie es zusammenbricht
Als künft'ger poetischer Braten.


Sie malen wie sich zur Bestie macht
Der Unterthan im Gemetzel der Schlacht,
Daß zu hören man glaubt das Geröchel.
Malt gleich einen See von Hirn und Blut
Und laßt eure Helden kurz und gut
D'rin waten bis über die Knöchel.


Wer bescheert euch die ekle Metzgerei?
Das Barbarenthum nur der Tyrannei,
Und ihr verherrlicht die Hetze.
Wo die Künstler nur suchen der Mächtigen Gunst,
Da redet mir nicht vom Adel der Kunst:
Sie ist nur Sklavinn und Metze.

# Lichtfeinde.

Spricht sich der Wolkenblitzer
Ein wenig zornig aus,
Meint jeder Hausbesitzer,
Es gelte seinem Haus.

Was in der Welt passiret,
Ein Jeder meint sogleich,
Ihm sei's insinuiret,
Ihm gelte jeder Streich.

Doch daß die Sonne glühet
Für Jeden, denkt ihr nicht,
Was ihr zuletzt beziehet
Auf euch, das ist — das Licht.

# Friedrich Wilhelm IV.

Ein Leben voll Verrath und Blut
Im Blödsinn zu beschließen —
So entgeht ein Tyrann auch ohne Muth
Dem Hängen oder Erschießen.

## L. Napoleon.

Dem Namen nach bloß der Dritte,
Ein Erster als Jesuite
Und Einziger als Bandite
Versichert durch Mord die Beute,
Die Verrath und Pfaffenthum weihte,
Und wird — „Cäsar" der Zweite!

---

## Einem verliebten Thoren.

Von allen unfaßbaren Dingen
Scheint keins mir weniger zu fassen,
Als daß sich will um's Leben bringen
Ein Mann weil ihn ein Weib verlassen.

Untreu dir sein heißt dich kuriren
Von Dem, was irrig du erkoren;
Was kannst du denn an Der verlieren,
Die fliehend nichts an dir verloren?

Such' ihre Güte zu erfassen,
Dank' ihr, daß sie davongefahren:
Die Beste hat dich nur verlassen,
Dir eine Krönung zu ersparen.

---

# Amor als Rechnenmeister*.

Anfangs sprichst du Rechnenmeister
Schüchtern immer nur von zwei'n,
Doch allmälig wirst du dreister
Und dann rechnest du mit drei'n.

Einen Buben und ein Mädchen,
Sprichst du dann, die wünsch' ich' dir —
Und gelehrig rechnet Käthchen:
Liebster, zwei Mal zwei macht vier.

# Vor einem Bilde der büßenden Magdalena.

Warum muß ich im Bilde dich
Stets liegend auf dem Bauch erblicken?
Das arme Weib erholet sich
Vom vielen Liegen auf dem Rücken.

* Entstanden aus einer Aufgabe, Zahlen poetisch zu behandeln.

## Ungereimter Reimgeschmack.

Als „ungereimt" verwirft die kluge Welt,
Was dumm ist oder thöricht klingt,
Doch auch das Ungereimteste gefällt,
Wenn ihr's in hübsche Reime bringt.

---

## Poetische Anfoderung.

Durch Phrasen glänzen auch kleine Lichter,
Durch Wahrheit werden auch große klein,
Euch soll nun einmal ein großer Dichter
Durchaus auch ein großer Lügner sein.

---

## Don Juan an den Wind.

Es hat nicht Spur noch Rast,
Was du bewegt, getrieben,
Was du gebrochen hast,
Das ist allein geblieben.

Verweht ist meine Lieb'
In Buhlerei und Scherzen,
Das Einzige, was blieb,
Sind — die gebroch'nen Herzen.

---

## Wehmuth.

(Zum Komponiren zu empfehlen.)

Unbemerkt und unbewußt
Wächst ein schwarzer Grabgedanke
Aus den Tiefen deiner Brust,
Bis er als nachtschatt'ge Ranke
Tückisch leis dein Haupt umflicht,
Trauer legt um dein Gesicht
Und vergiftet dein Gemüthe ·
Mit dem Hauch von seiner Blüthe.

Nur Vergänglichkeit und Tod,
Unheil drohendes Verhängniß
Füllt dein Herz mit schwerer Noth;
Unerklärliche Bedrängniß
Drängt und treibt dich ohne Ruh'
Und laut stöhnend stürzest du
Nach der Ecke deiner Kammer —
Mensch, du hast den Katzenjammer!

## Teutsch-amerikanisches „Volkslied“.

„Was ist des Teutschen Vaterland?“
So hörten dort wir fragen.
Hier wissen wir's zu sagen:
Es ist das Land, das uns verbannt,
Um über's Meer an fremden Strand
Den freien teutschen Geist zu tragen.

Wir grollen unf'rer Mutter nicht,
    Daß sie uns sandt' in's Weite:
    Wir fanden eine zweite,
Die, was der and'ren noch gebricht,
Uns Raum gewährt, des Geistes Licht
    Kühn auszuströmen, das befreite.


So wachse hier, was keimte dort:
    Nie sink' er oder wanke,
    Der leuchtende Gedanke!
Der Freiheit Kind, der Freiheit Hort
Das ist das freie teutsche Wort,
    Wie ohne Furcht, so ohne Schranke.


Es ist der Wahrheit treuer Muth,
    Der nicht verstummt und heuchelt
    Und nicht verblümt und schmeichelt,
Der, was er weiß, zu wissen thut
Und bannt der Lüge finst're Wuth,
    Die schleichend Recht und Freiheit meuchelt.


Und was der teutsche Geist erdacht
    Und was sein Licht entzündet
    Und was sein Wort verkündet,
Das werd' auch stets als That vollbracht:
Es weichet jede finst're Macht
    Vor freien Geistern, die verbündet.


Vernichtung jeder Tyrannei!
    D e r Wahlspruch soll uns leiten
    Voran zu allen Zeiten.

Nur Der ist Mensch, nur Der ist frei,
Der jede fremde Sklaverei
   Hilft wie die eig'ne niederstreiten.

Wenn nicht am Rhein, am Hudsonsstrand
   Soll freies teutsches Streben
   Den Weckerruf erheben;
Der Sklav' ist überall verbannt,
Der Freie schafft sein Vaterland,
   Ihm gilt's: die R e p u b l i k soll leben!

## Posthume Gerechtigkeit.

Mit Denen, die zur Grube fahren,
Will alle Welt sympathisiren.
Willst du vor gleichem Loos dich wahren,
Mußt du bei Zeiten protestiren.

Was du im Leben hast erlitten,
Für Das soll Niemand dich beweinen,
Denn was gewollt du und gestritten,
War für dich selbst und sonst für Keinen.

Für dich nur war's, wenn auch für Alle!
Lern' falschen Lohn und Ruhm verschmähen
So wie im Siege so im Falle,
Dann wirst du würdig untergehen.

Wer dich vermißt, mag dich betrauern,
Es denke dein, wer dir gewogen,
Doch weg den Hohn, daß dich betrauern,
Die einst dich in den Koth gezogen;

Daß plötzlich deine Kraft entdecken,
Dich sehend auf dem Todtenbette,
Die einst der Wahrheit rüst'gen Recken
Gesucht zu fällen um die Wette;

Daß schmutz'ge Hände deine Reinheit
Rein waschen, die sie stets besudelt;
Daß gar erweicht wird die Gemeinheit
Von deinem Tod und dich lobhudelt;

Daß dein Verdienst zu retten trachtet
Und für dich zeugen will und beten,
Was stets verwünscht hat und verachtet
Das Recht, das lebend du vertreten;

Daß rohes Mitleid hirnlos lobend
Sich auf dein Grab setzt zu Gerichte
Und Pöbelrührung es umtobend
Das Maul verschließt dem Lügenwichte!

Gerechtigkeit posthumer Richter,
Die ein gemordet Recht salviren,
Wie Lobgesang posthumer Dichter
Laß dich im Voraus amüsiren.

Ja denke, wenn sie dich begraben,
So wollen dir dieselben Freien,
Die früher dich gesteinigt haben,
Auch einen Stein als Denkmal weihen!


Was ist der Sinn von ihrer Weihung?
Was hat so mild sie umgewandelt?
Vom Todten wollen sie Verzeihung,
Weil sie den Lebenden mißhandelt?


Sie wollen s i ch ein Zeugniß stiften,
Daß sie nicht einst die Schuld'gen waren,
Die Recht und Wahrheit zu vergiften
Gestrebt als Heuchler und Barbaren!


Hinweg mit den bekehrten Hetzern,
Nachdem das wunde Wild verendet;
Hinweg mit diesen Denkmalsetzern
Von Todten, die sie einst geschändet!


Laß stolz die Wahrheit Kunde geben,
Daß du nicht dienst der Märt'rer-Mode
Und Lieb' und Haß, die du im Leben
Verdient, verdienest auch im Tode..


Hinweg die Albernheit, als werde,
Was haßt sich, durch den Tod befreundet!
Steig' unversöhnet in die Erde
Mit Dem, was auf ihr du befeindet,

Und all dein Lieben, all dein Hassen
Und was du wolltest und erstrebtest,
Sollst du als Erbe Denen lassen,
Die mit dir kämpften als du lebtest.

# Amerikanische Epigramme.

***

### Taktik der Verleumdung.

Was der Verleumder selbst gethan,
Deß klagt er stets den Gegner an.

### „Geistige Hebung".

Wo man sich den Geist zu h e b e n befleißt,
Da greifen wir gern in die Tasche:
Doch meinen wir nicht den eigenen Geist,
Wir meinen den Geist der Flasche.

### „Volksmänner".

Die halten nimmer für die rechten,
Die stets du siehst darüber wachen,
Gut Freund zu bleiben mit den Schlechten
Und es den Dummen recht zu machen.

## Teutsches Schicksal.

Heut' muß der Hecker sie blamiren
Und morgen übernimt's der Blenker.
Stets geht, was sie entrepreniren,
Durch ihr Großmännerthum zum Henker.
Doch hört man immer renommiren,
Sie sei'n die Nation der Denker.
Kannst du solch Denken nicht goutiren,
So bist du ein „verfluchter Stänker".

## Differenz.

Ihr mögt mich nicht und ich noch wen'ger euch.
In so fern steh'n wir beide gleich,
Wir differiren nur in dem Betrachte,
Daß ihr mich haßt und daß ich euch verachte.

## Nicht zu tugendhaft!

Guter Rath für teutsche „Radikale".

Lerne äuß'rer Macht dich beugen,
Konsequent sein führt zu Fehden;
Kannst du dich nicht überzeugen,
Suche dich zu überreden.

Was du halbwegs kannst entschuld'gen,
Preis' es an mit gutem Scheine:
Halbem darf die Klugheit huld'gen,
Doch der Ganze steht alleine.

Mag die Wahrheit, prophylaktisch,
In der Theorie genügen,
Doch du mußt, verfährst du praktisch,
Dich und Andere belügen.

### Journalistischer Rath.

Wenn du eine gute Feder führst,
So werde Ochsentreiber;
Wenn du einen Ochsen in dir spürst,
So werde Zeitungschreiber.

### Harmlose Feinde.

Weil ihr mich anbrüllt, meinet ihr,
Ich fürcht' in euch das Wüstenthier?
Der Löwe brüllt, doch auch — der Stier.

### Abr. Lincoln, „der Befreier".

Wer hat, wie du, unrechten Tod erduldet?
Wen trug, wie dich, die Meinung und der Wahn?
Du warbst gestraft für was du nicht verschuldet
Und warbst berühmt für was du nicht gethan.